los T
MA

en

EL GRAN LOBO FEROZ

ORIGINALLY PUBLISHED IN ENGLISH AS *THE BAD GUYS IN THE BIG BAD WOLF*

TRANSLATED BY ABEL BERRIZ

ISBN 978-1-338-84918-9

1 2022

PRINTED IN THE U.S.A. 23
FIRST SPANISH PRINTING, 2022

AARON BLABEY

Los TIPOS MALOS

en

EL GRAN LOBO FEROZ

SCHOLASTIC INC.

¡BUUM!

¡¡BUUM!!
¡¡Decídete de
una vez!!

¡BUUM!
¡¿Eres un
TIPO BUENO…

o un
TIPO
MALO?!

• CAPÍTULO 1 •

¿AHORA QUÉ?

BAÑO

MENÚ
NO

Bien.
Sé que estamos mal…

¡¿*MAL*?!
¡El Sr. Lobo se convirtió en un
INVENCIBLE MONSTRUO MALVADO del tamaño de un
ESTADIO DE FÚTBOL!
¡Chica, no estamos mal!
Estamos…

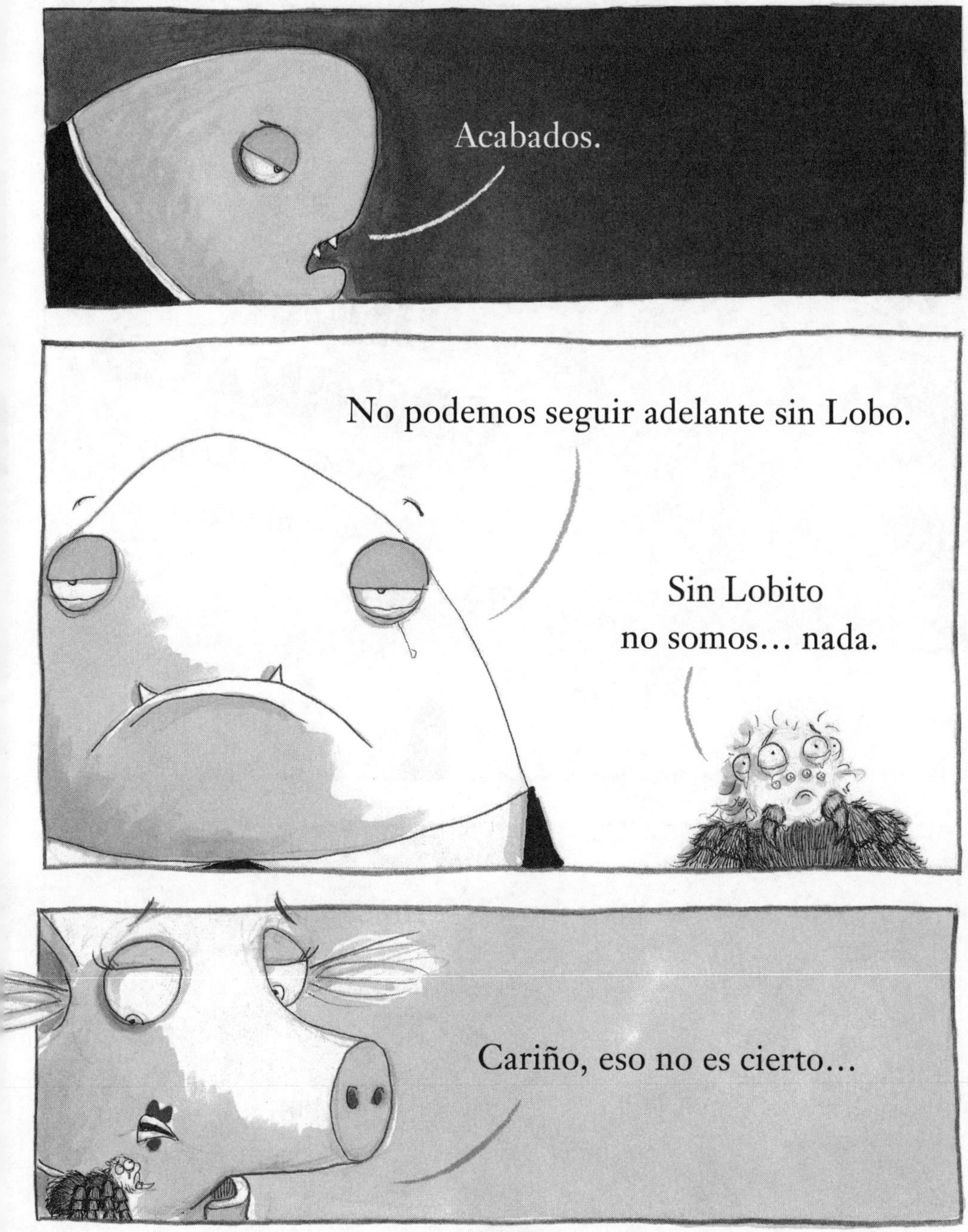

No podemos seguir adelante sin Lobo.

Sin Lobito
no somos… nada.

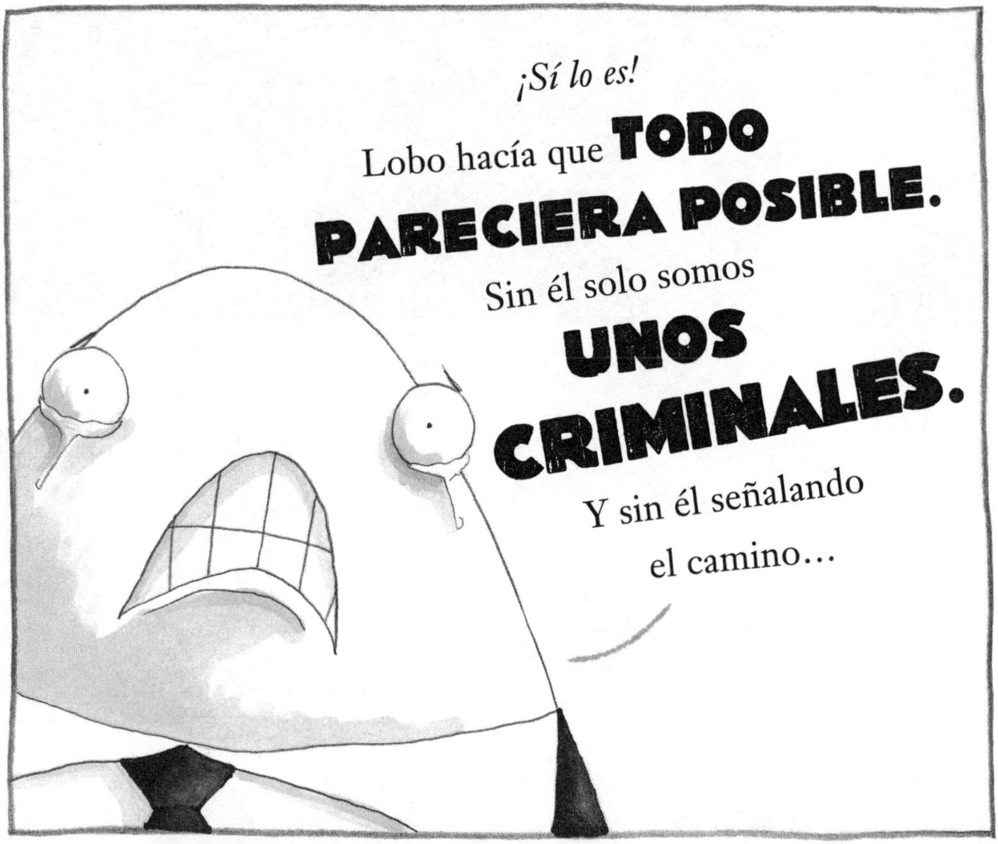

¡Sí lo es!

Lobo hacía que **TODO PARECIERA POSIBLE.**

Sin él solo somos **UNOS CRIMINALES.**

Y sin él señalando el camino...

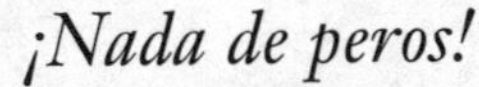

¡Nada de peros!

No hay *nada* que puedas decir para arreglarlo, señorita. ¡Los **ALIENÍGENAS** han conquistado el mundo, Lobo es **MUY GRANDE** y está **DEMASIADO LOCO** para detenerlo y **HEMOS PERDIDO LAS ESPERANZAS!**

Sin faltarle el respeto a la Liga de Héroes, pero ¡*nadie en el mundo podría arreglar este asunto*!

Lobo podría.

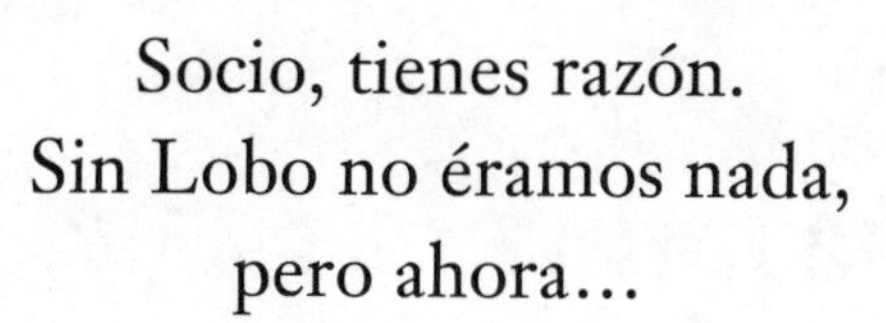
Socio, tienes razón.
Sin Lobo no éramos nada,
pero ahora…

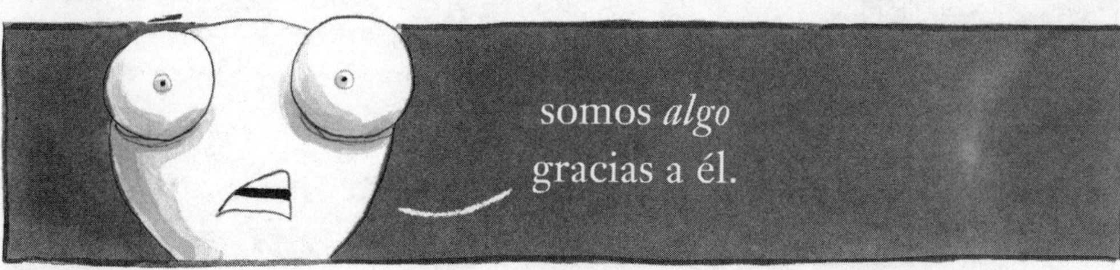
somos *algo*
gracias a él.

Y el hecho de que esté
TUMBANDO
RASCACIELOS a mano limpia y
DIVIRTIÉNDOSE CON LOS
ALIENÍGENAS
no nos da derecho
a darnos por vencidos.
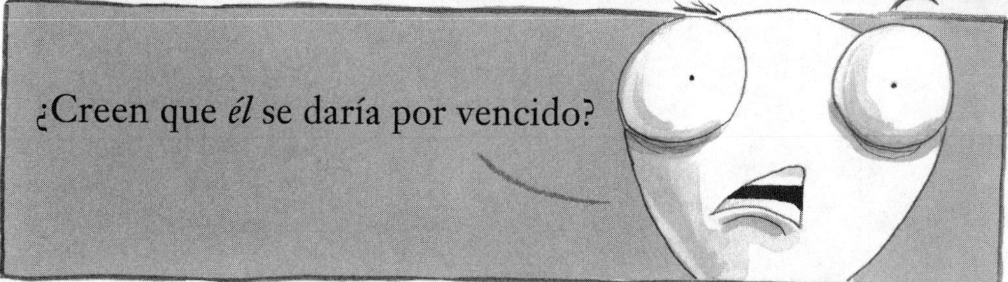
¿Creen que *él* se daría por vencido?

¿No creen que diría
UNA DE SUS IDIOTECES?
Algo como…

"¡Oye, Piraña!
¡Eres **SUPERVELOZ!**
¡Hermano, eso es increíble!".

O…
"¡Tiburón! ¡Eres un
CAMBIAFORMAS, socio!
¡Disfrázate de algo
y sácanos de este lío!".

O…
"¡Patas! ¿Qué hacemos ahora?
¡Eres el
NO-VELOCIRAPTOR
más inteligente que conozco!".

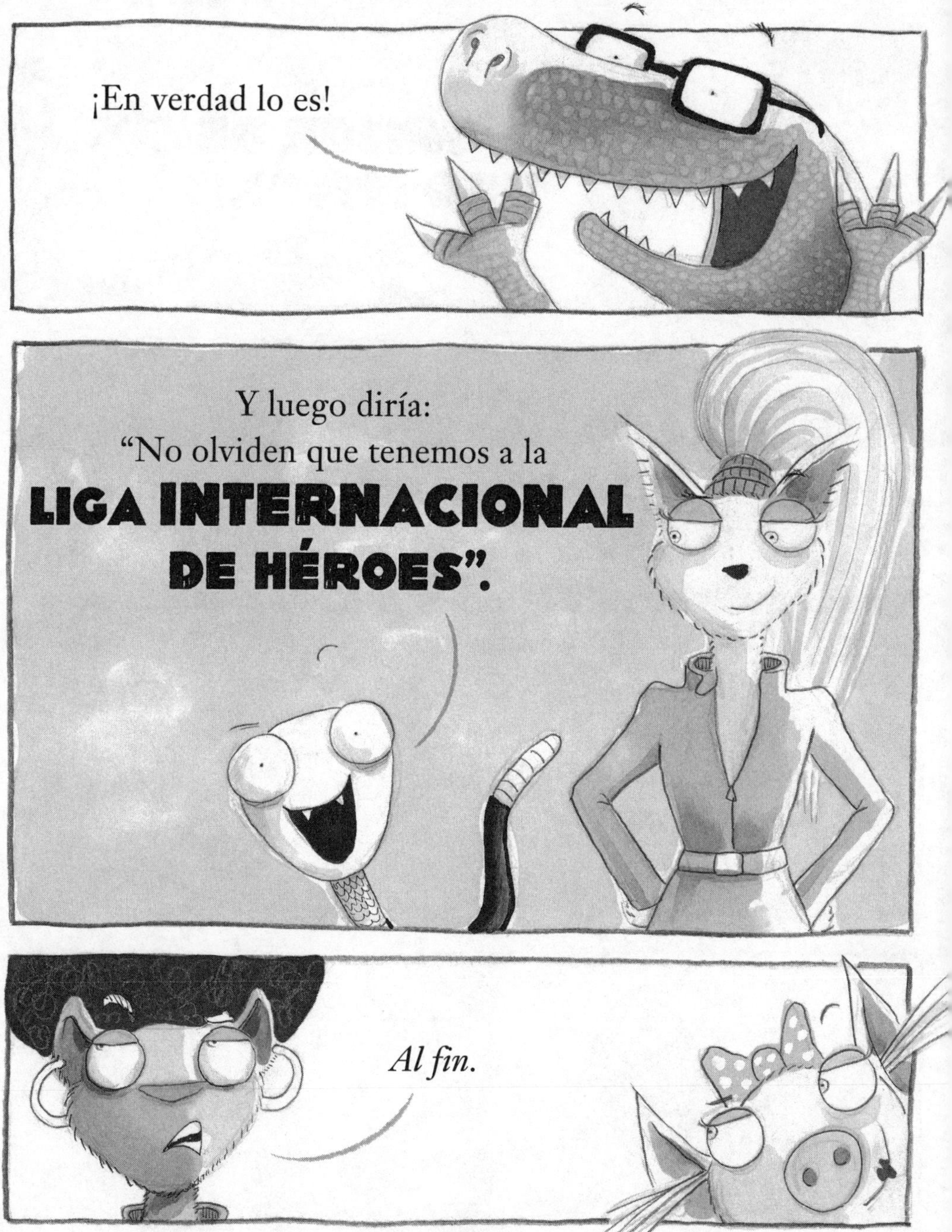

Y luego diría:
"No olviden que tenemos a la
LIGA INTERNACIONAL DE HÉROES".

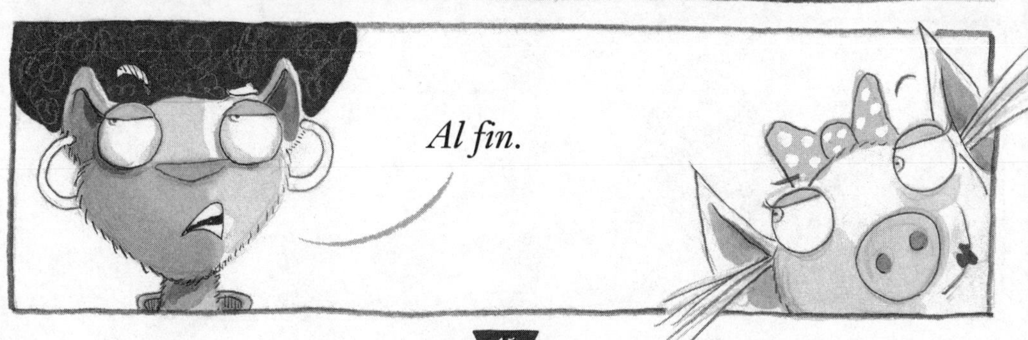

"¡Son lo
**MEJOR DE
LO MEJOR!**".

Lo somos.

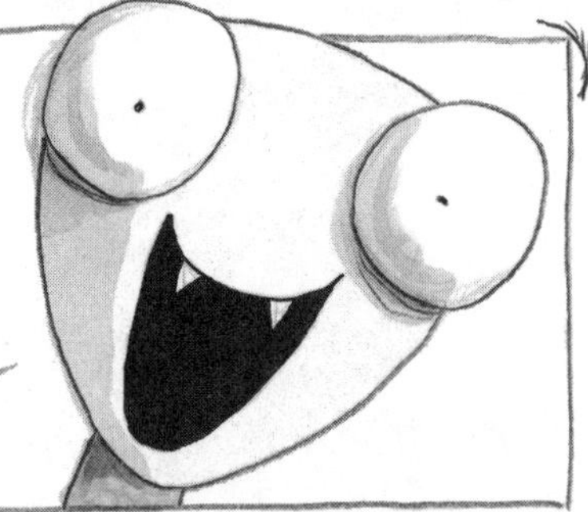
¡Y nosotros también!

Eh, no.
No, eso...
No.

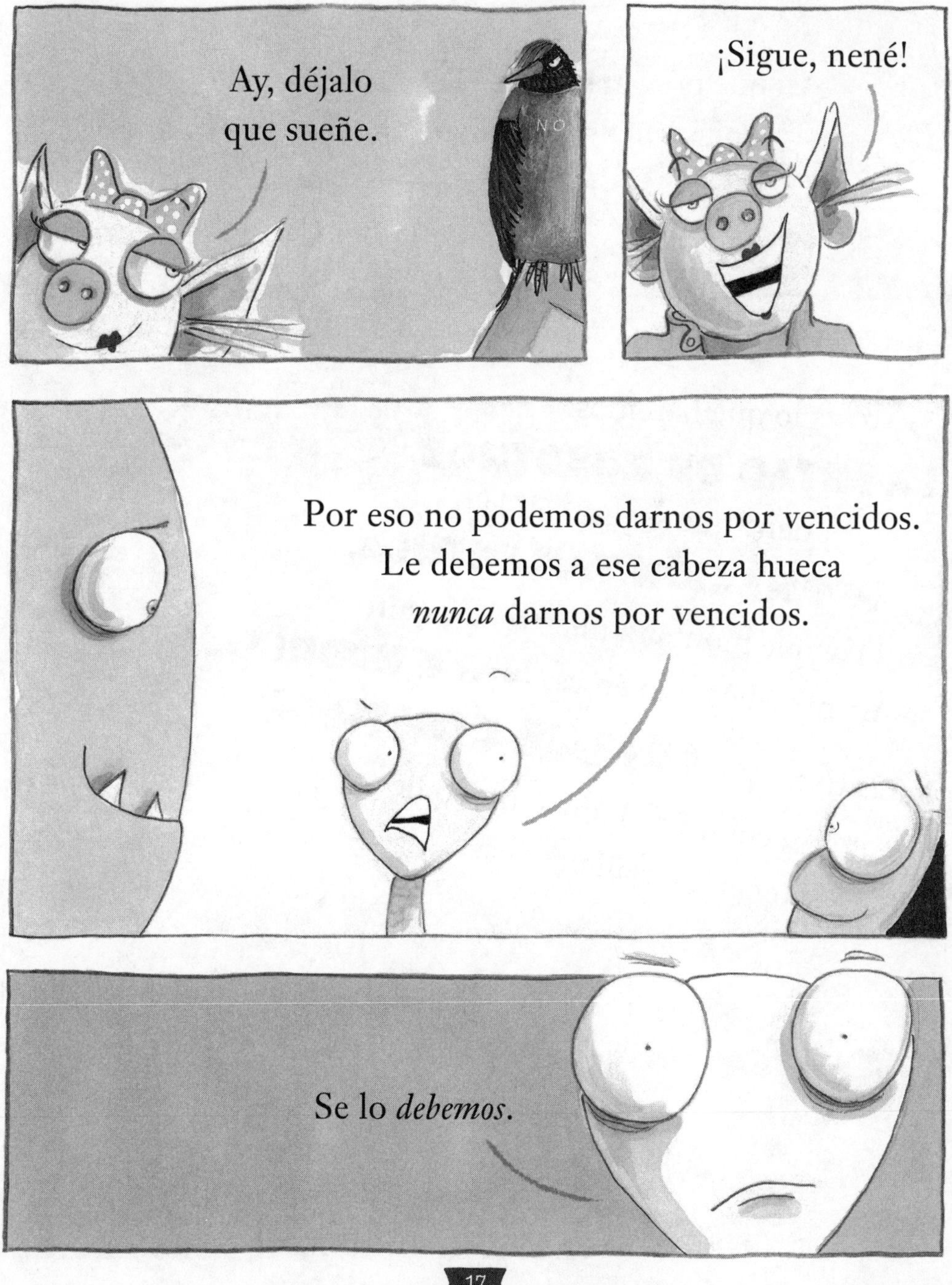

Por eso no podemos darnos por vencidos.
Le debemos a ese cabeza hueca
nunca darnos por vencidos.

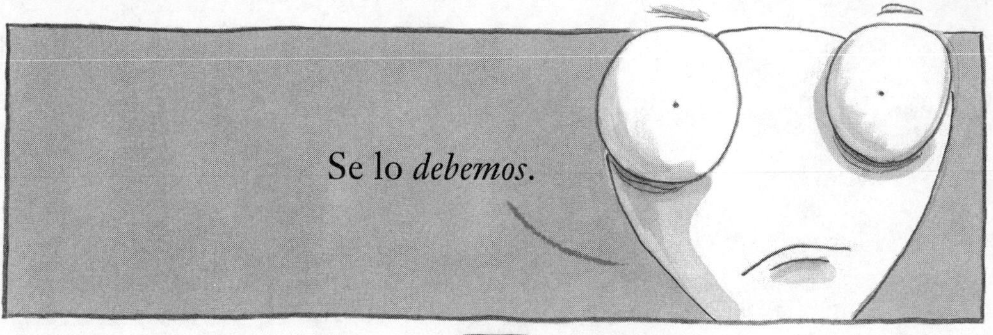

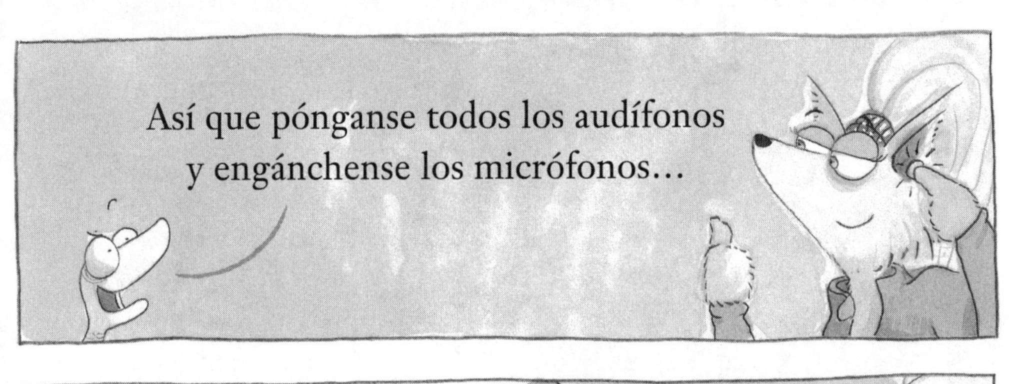

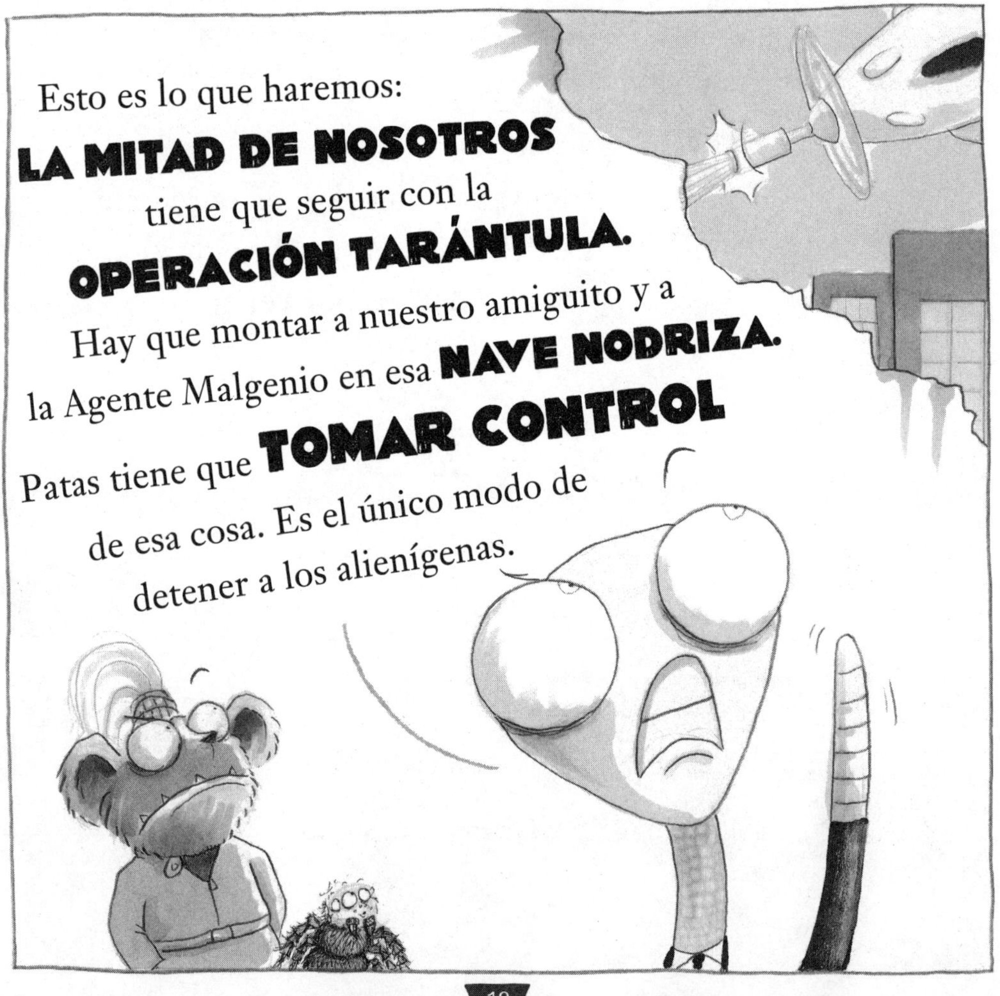

Esto es lo que haremos:

LA MITAD DE NOSOTROS

tiene que seguir con la

OPERACIÓN TARÁNTULA.

Hay que montar a nuestro amiguito y a la Agente Malgenio en esa **NAVE NODRIZA.**

Patas tiene que **TOMAR CONTROL** de esa cosa. Es el único modo de detener a los alienígenas.

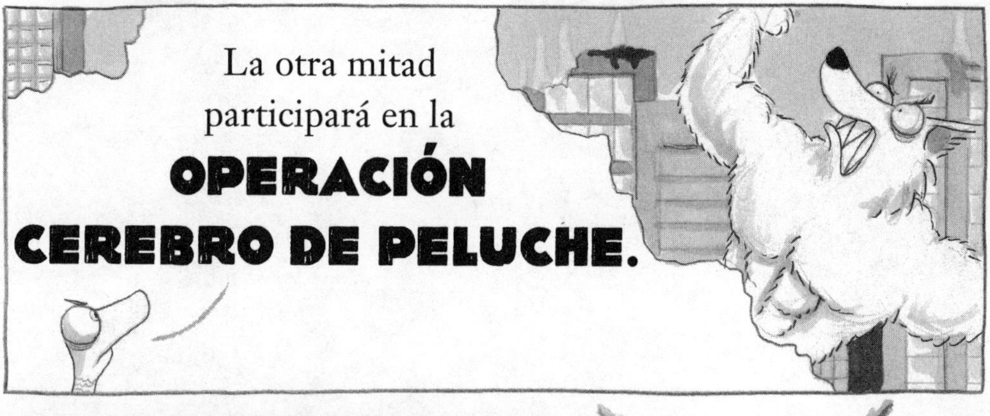

La otra mitad
participará en la
OPERACIÓN
CEREBRO DE PELUCHE.

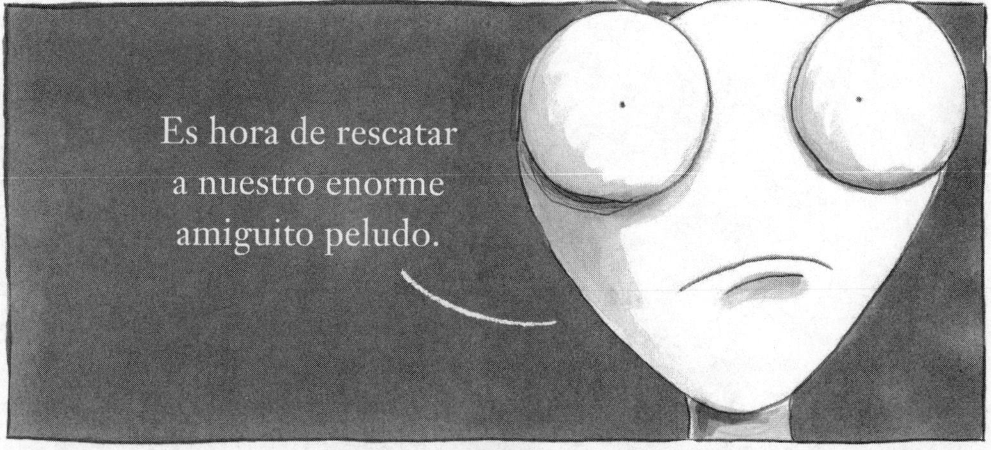

Es hora de rescatar
a nuestro enorme
amiguito peludo.

ADIÓS POR EL MOMENTO

PARE

¡Ese tipo está grande!
Esto es lo más que
nos podemos acercar.
Chico, ¿cuál es tu PLAN?

Eso no es asunto tuyo.
Lo *tuyo* es subir a
ESOS DOS en aquella
NAVE NODRIZA.

Buena suerte, chicos.

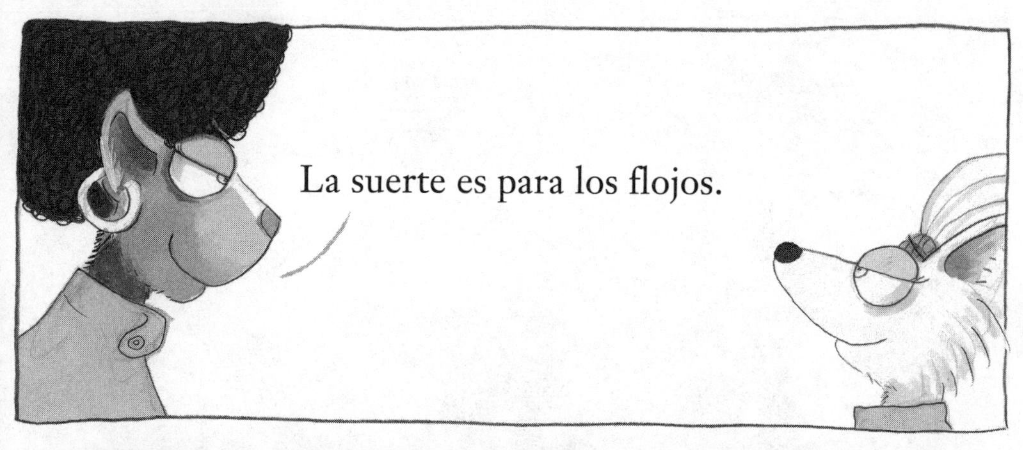

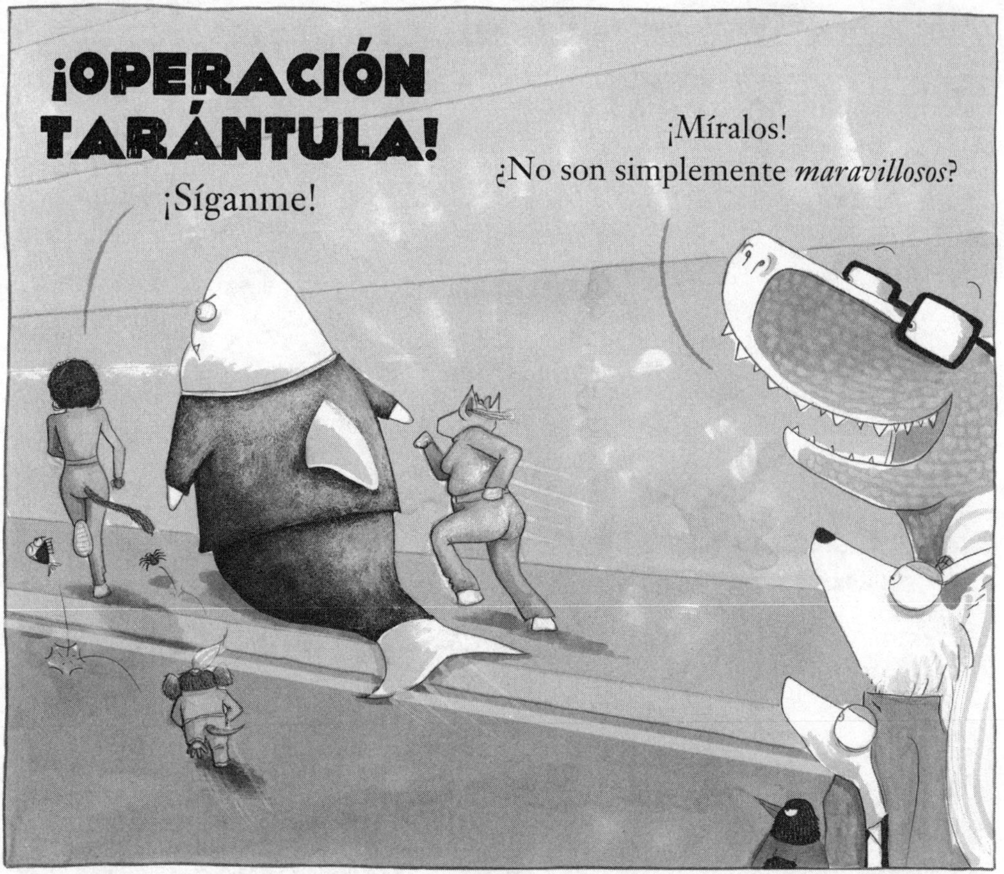

¡OPERACIÓN TARÁNTULA!

¡Síganme!

¡Míralos!
¿No son simplemente *maravillosos*?

Y, ¿cuál *es* tu
plan exactamente?

Mira esto…

Lobo,
vas a hacer lo que
te ordene…

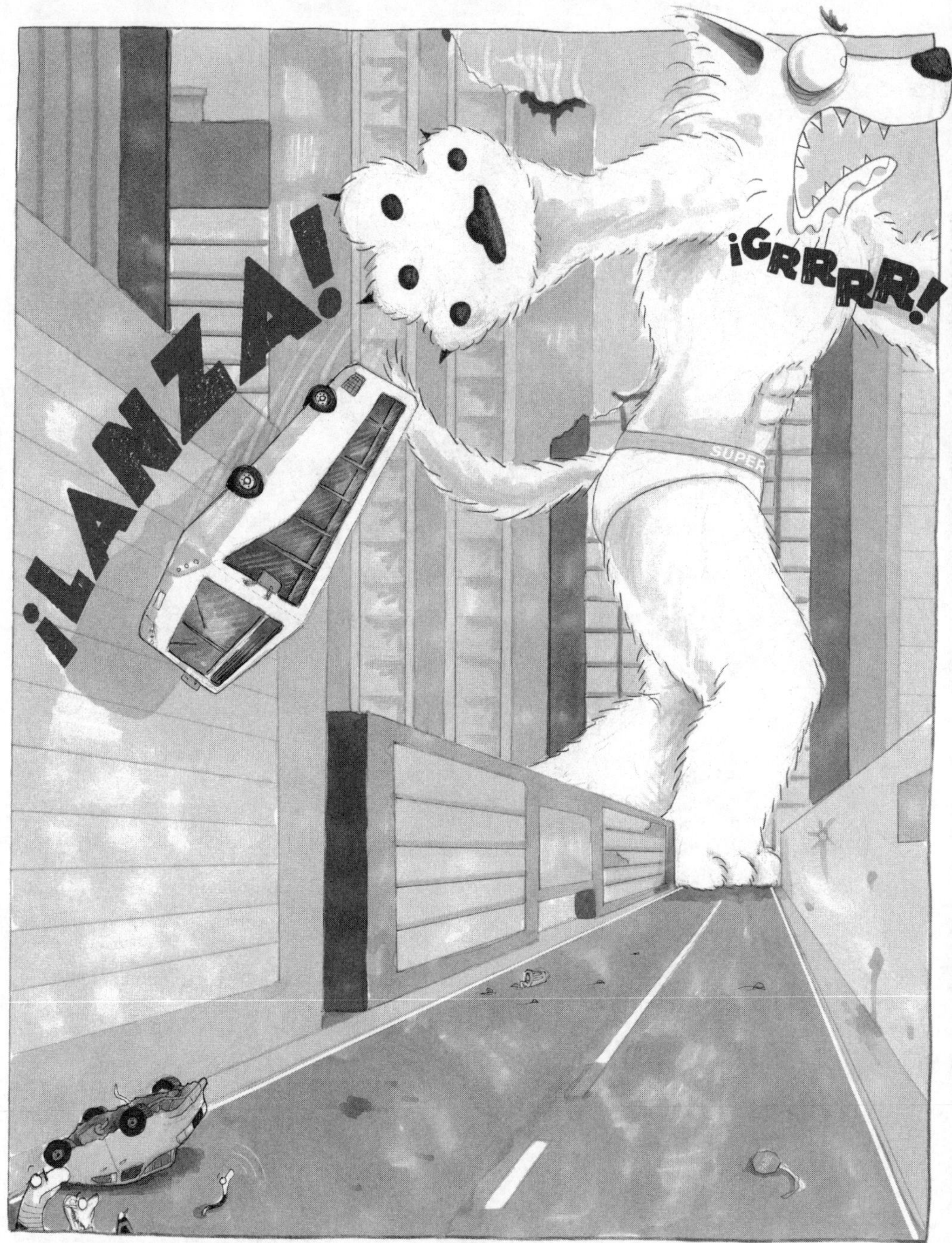
¡LANZA!
¡GRRRRR!
SUPER

¡CRAS!

¿Tu plan consiste en mirarlo
LANZAR AUTOBUSES?
¿Qué? ¿Esperas que
se le cansen los brazos
y eche una siestecita?

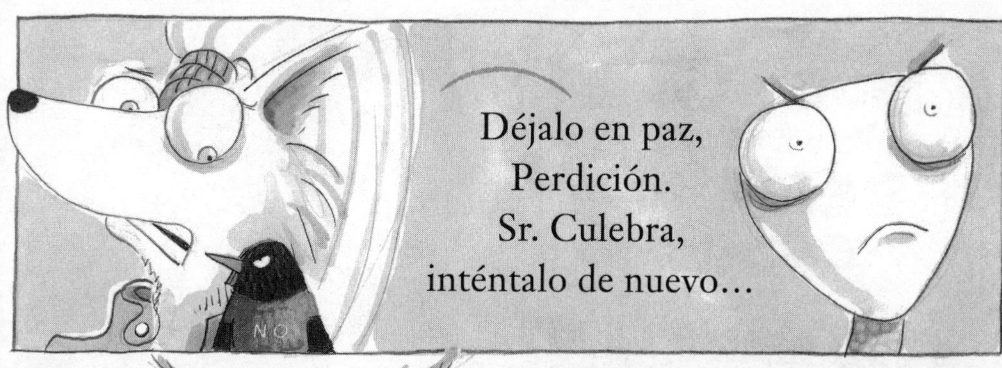

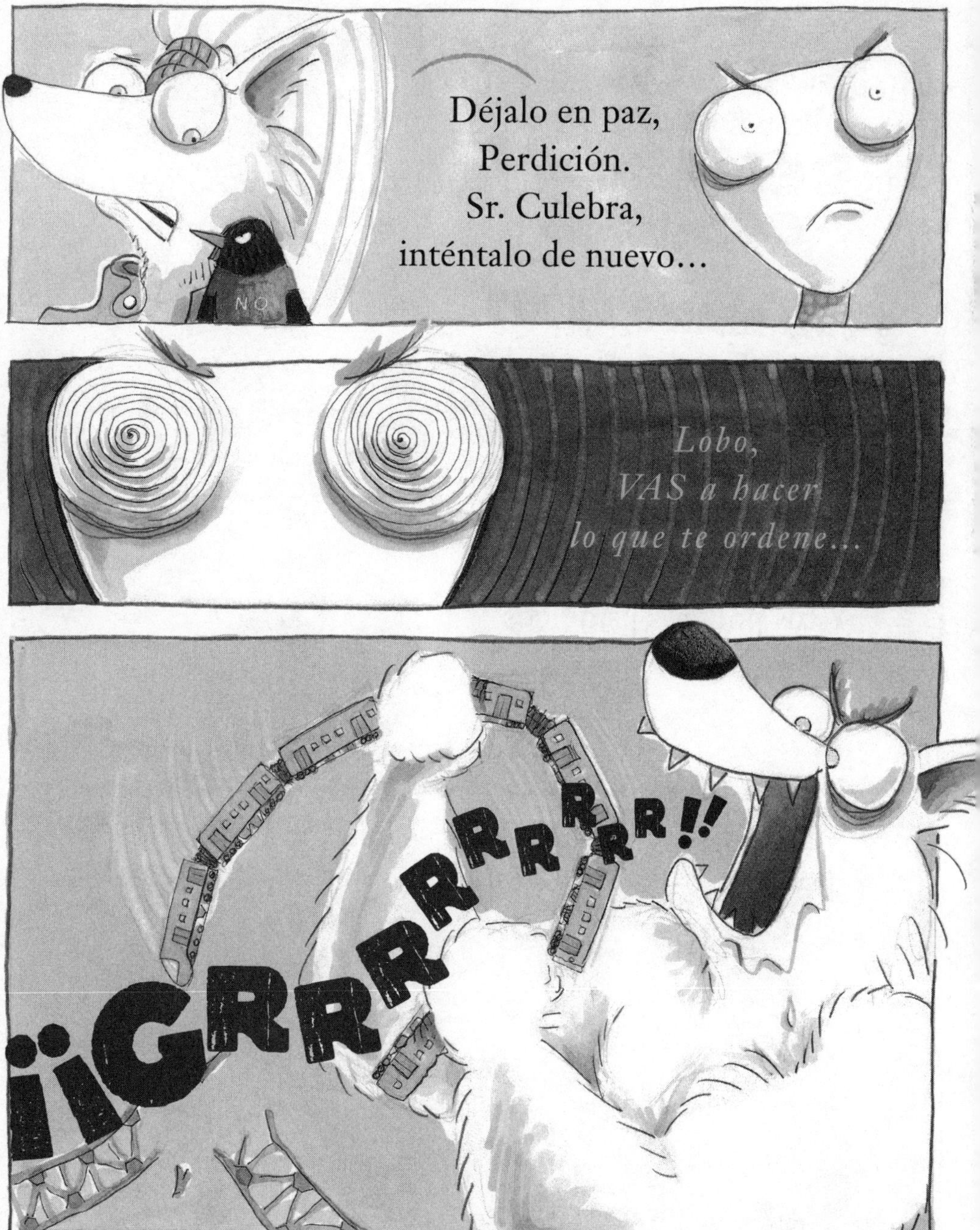

¡¡GRRRRRRRRRR!!

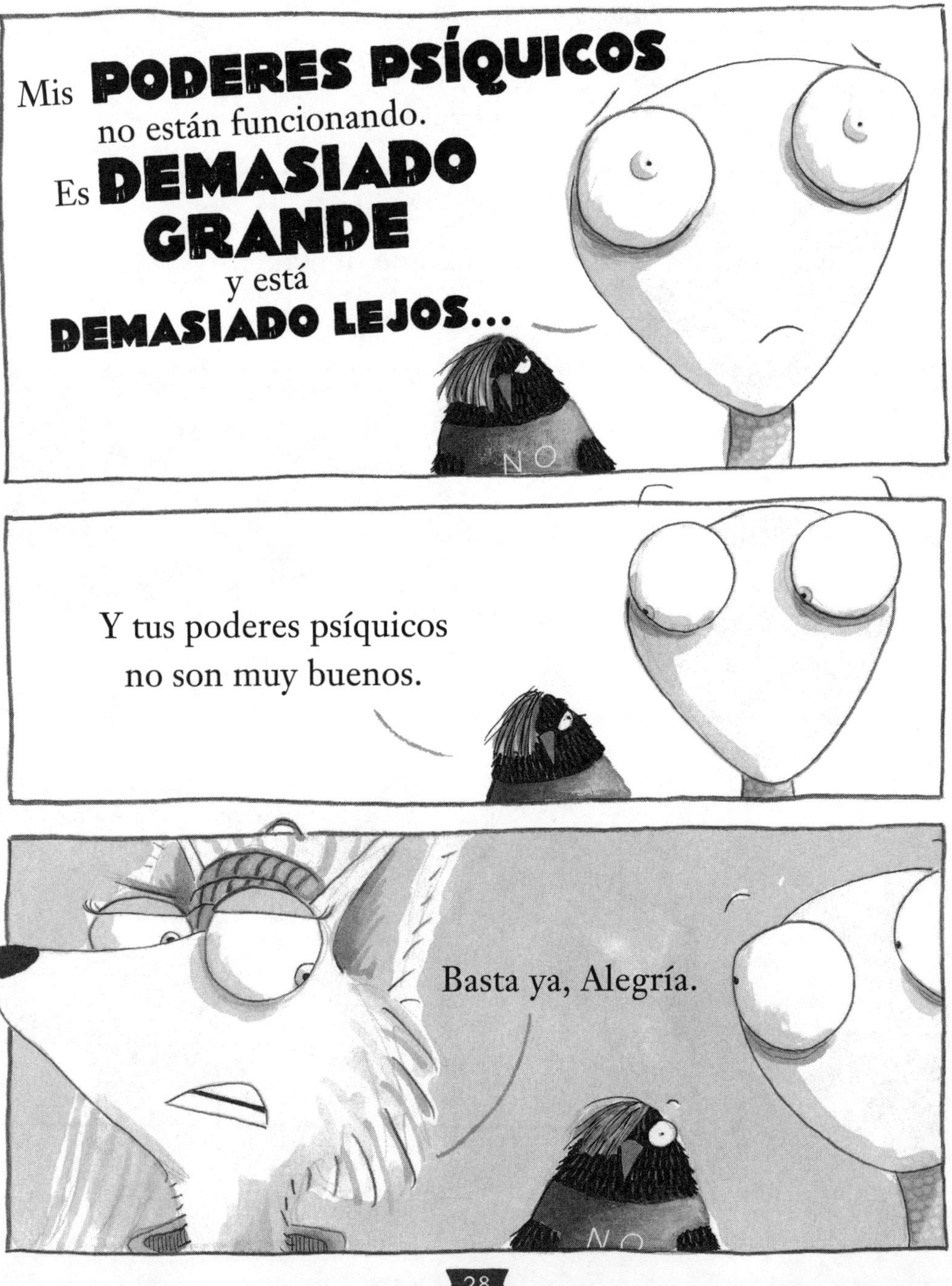

Mis **PODERES PSÍQUICOS** no están funcionando.

Es **DEMASIADO GRANDE** y está **DEMASIADO LEJOS...**

Y tus poderes psíquicos no son muy buenos.

NO

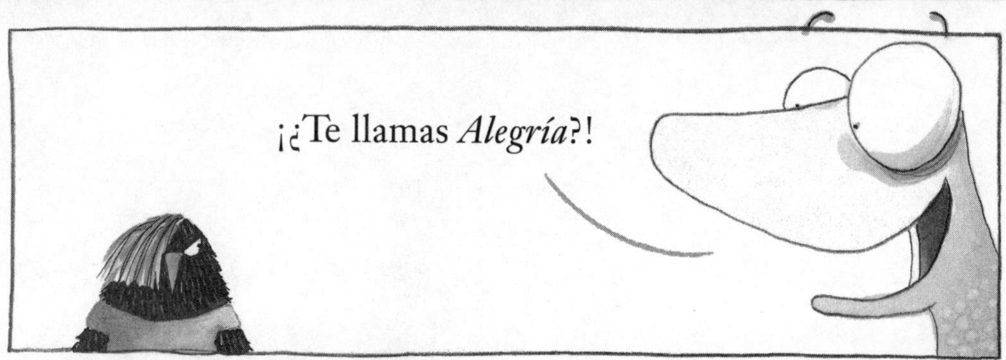
¡¿Te llamas *Alegría*?!

Me las vas a pagar.
Ay, ya cállate.

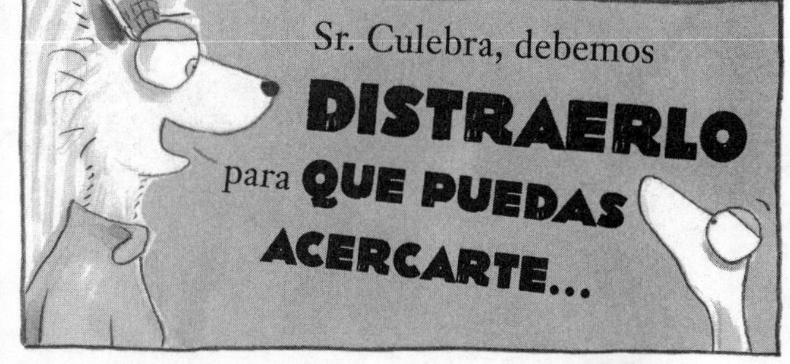
Sr. Culebra, debemos
DISTRAERLO
para QUE PUEDAS
ACERCARTE...

¿Alguna
idea?

Bueno, depende.
Dime, Agente Zorra…
¿Le tienes miedo a la
ALTURA?

• CAPÍTULO 3 •

ALAS NUEVAS

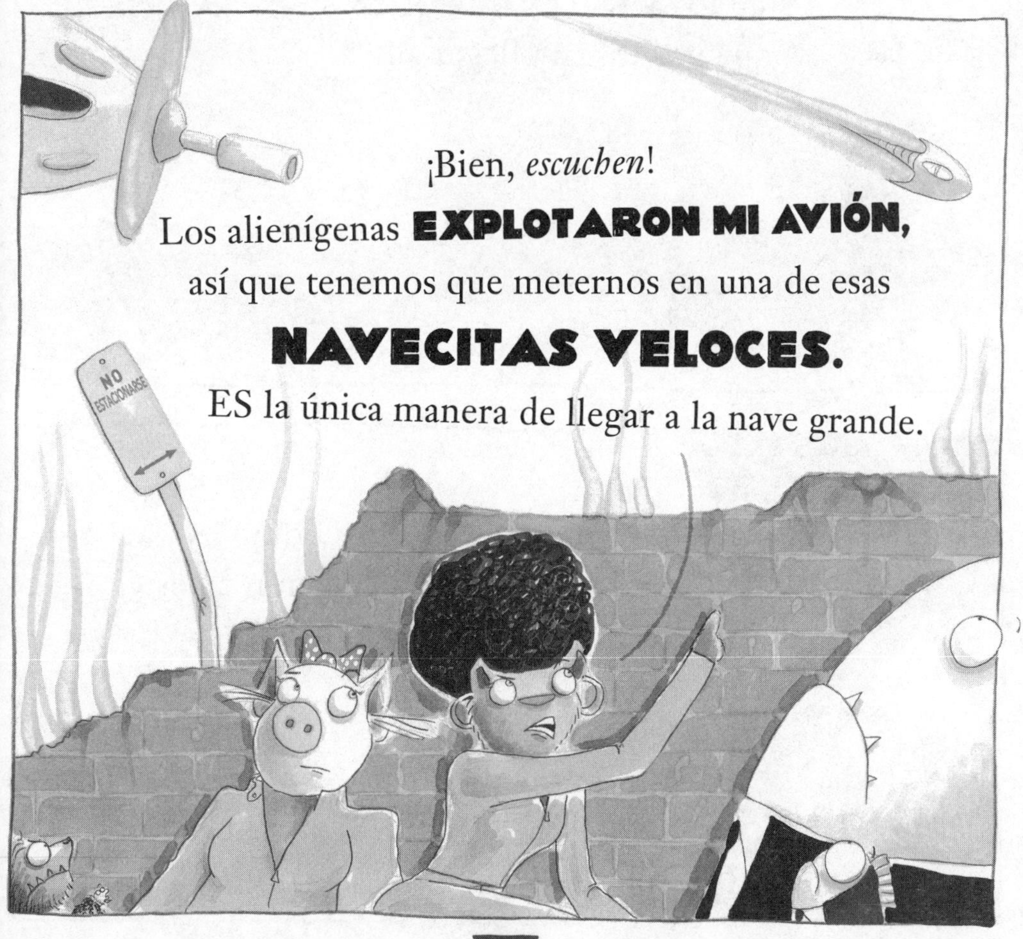

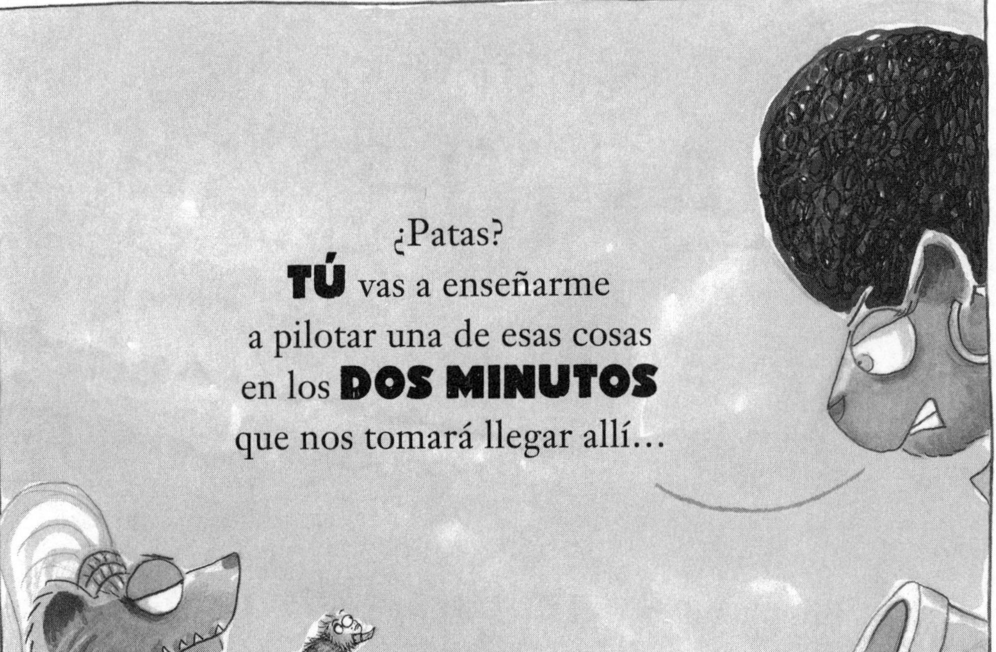

¿Patas?
TÚ vas a enseñarme
a pilotar una de esas cosas
en los **DOS MINUTOS**
que nos tomará llegar allí...

para poder lanzarlos
A ESA
NAVE NODRIZA.
Después traeré de
regreso a los demás.
¿Alguna pregunta?
Bueno, sí… yo…
¡Bien!
¡Manos
A LA
OBRA!

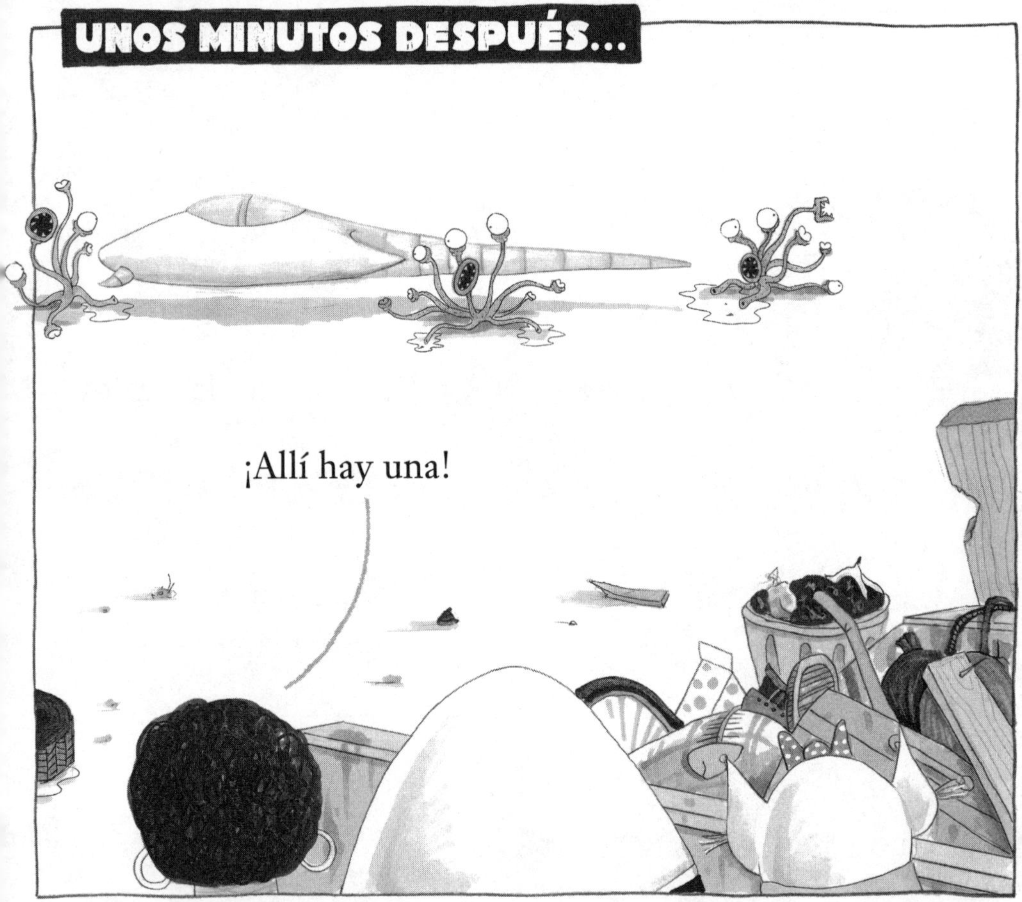

UNOS MINUTOS DESPUÉS...

¡Allí hay una!

¡¿Demasiados?!
¡Estás cara a cara con la piraña que derrotó a un
TYRANNOSAURUS REX!

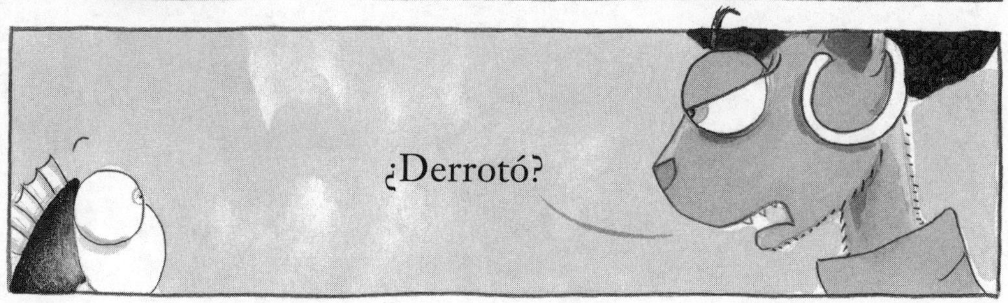
¿Derrotó?

Creí que te habías
QUEDADO ATASCADO EN SU HOCICO...

¡BASTA DE HABLAR!
Tienen que **"TOMAR PRESTADA" LA NAVE** y salvar el mundo, amigos...

¡¡¡NO ME OLVIDEN!!!
¡FIIIIIUUUUUUUUUM!

¡ÑAM!
¿No te parece *adorable*?
¡ESPÉRAME,
CARIÑO!

¡ÑAM!
¡PÁFATA!

¡AYY!
¡YIIIIIJA!
¡ÑAM!
¡ÑAM!

Bueno,
¿a qué
esperan?

“Tomemos prestada” esa
nave espacial…

• CAPÍTULO 4 •

EN UNA OREJA...

¿SR. LOBO?

ESCALERAS
¿No les parece que es muy valiente?
Nunca podría hacer eso…
¡Esto fue idea TUYA!
Hum, sí, lo fue.
Mira tú.
¡Shhh!
¡MIREN!

¿Sr. Lobo?
Soy yo. La Agente Zorra…

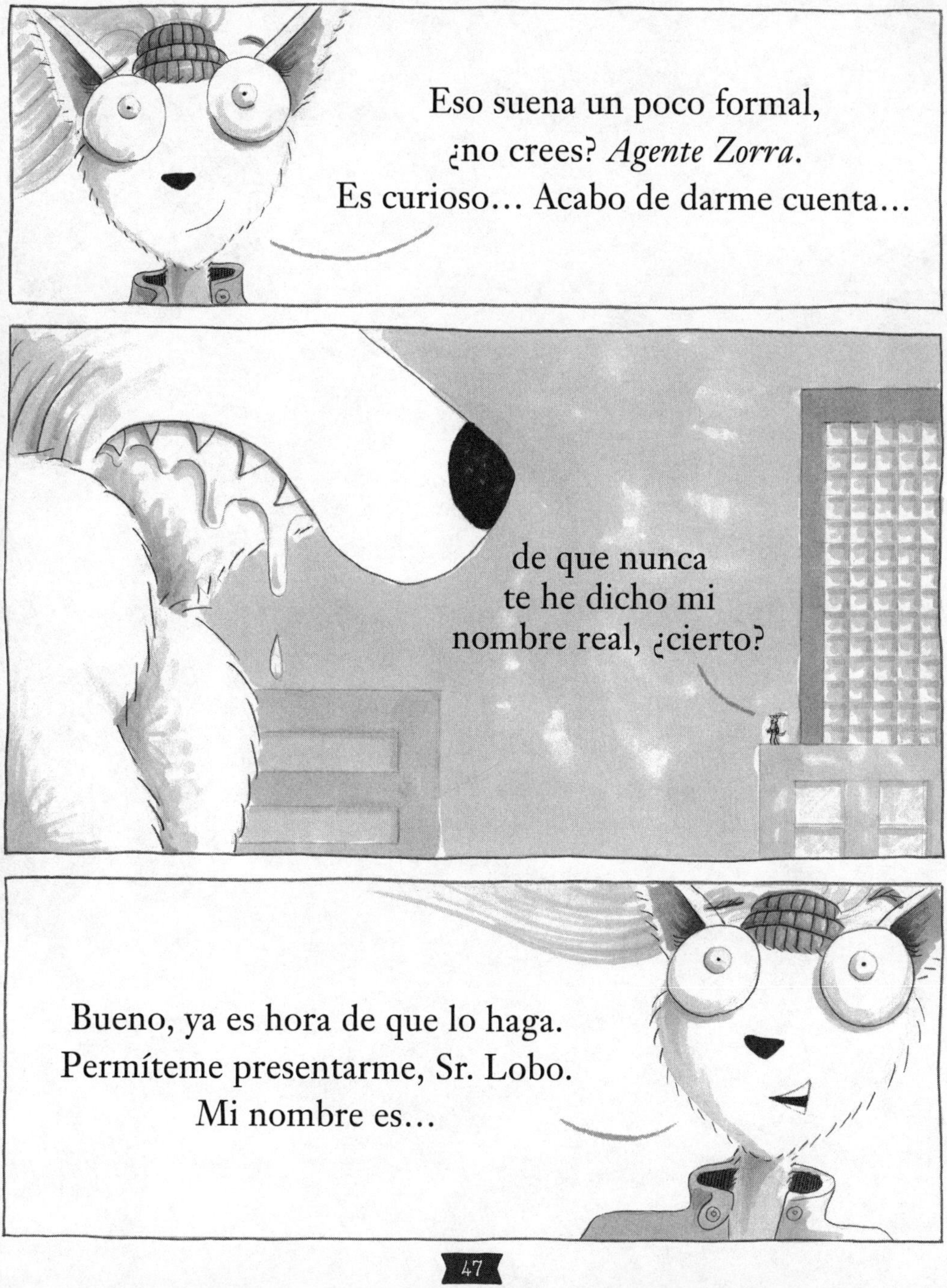

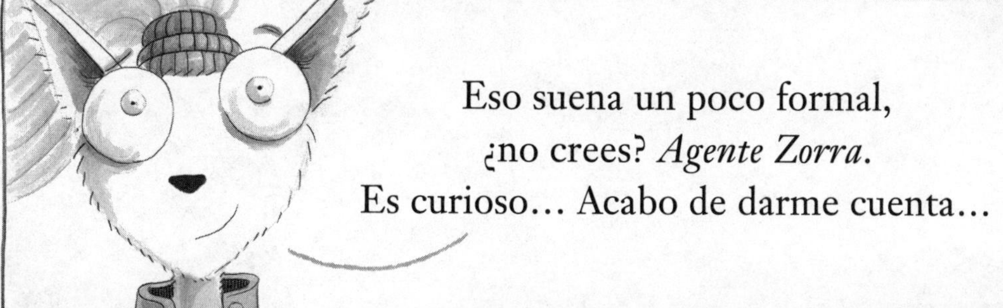

de que nunca
te he dicho mi
nombre real, ¿cierto?

Bueno, ya es hora de que lo haga.
Permíteme presentarme, Sr. Lobo.
Mi nombre es…

¡¡¡GR

RRRRRR!!
¡OH!

¡SR. LOBO!
¡NO!

NO
¡Sr. Culebra!
Esta es tu oportunidad.
¡De prisa!
Esta es una *muy* mala idea…
ESCALERAS
¡DALE!
¡DALE!
¡DALE!

Este…

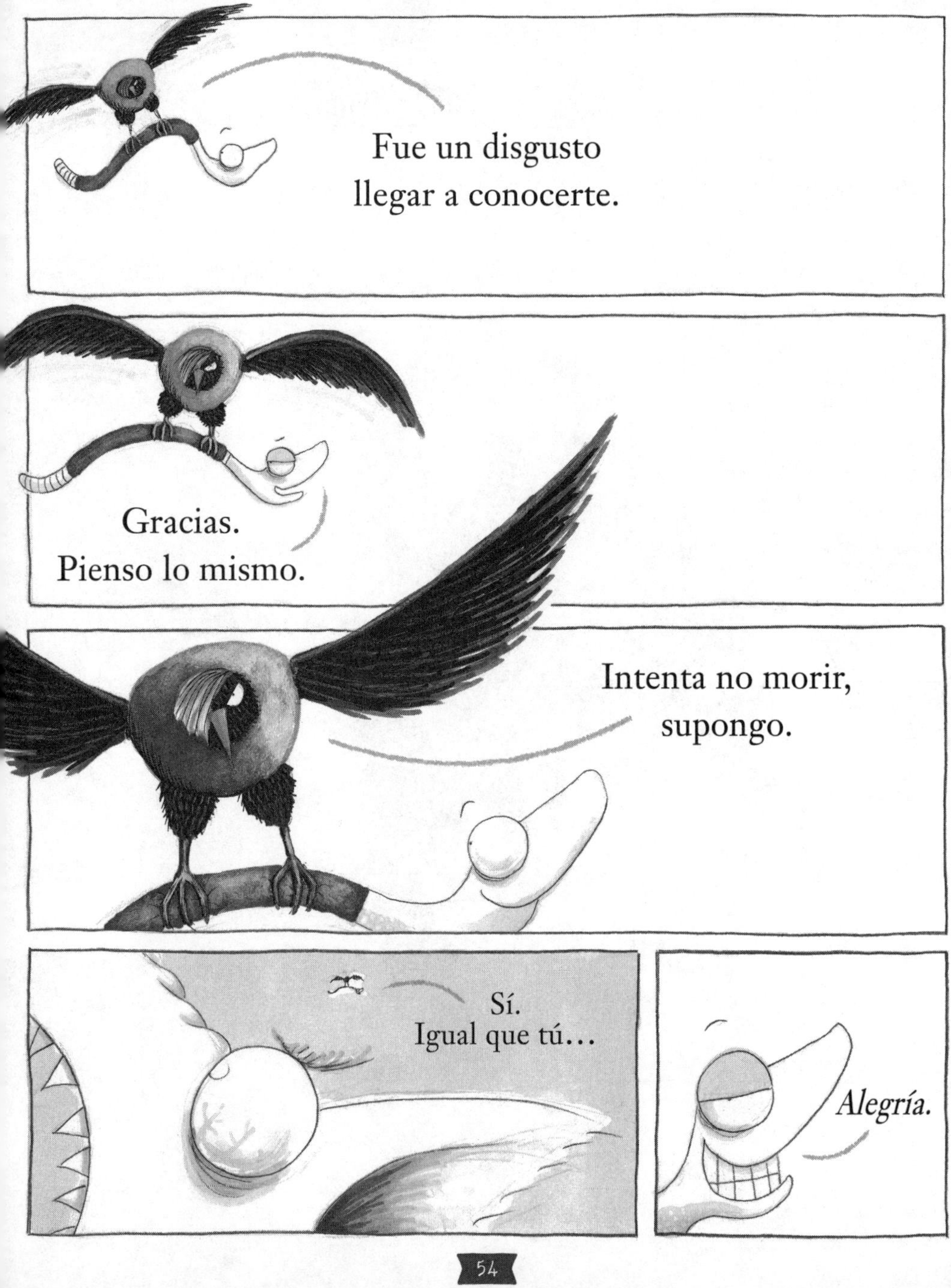

Fue un disgusto
llegar a conocerte.

Gracias.
Pienso lo mismo.

Intenta no morir,
supongo.

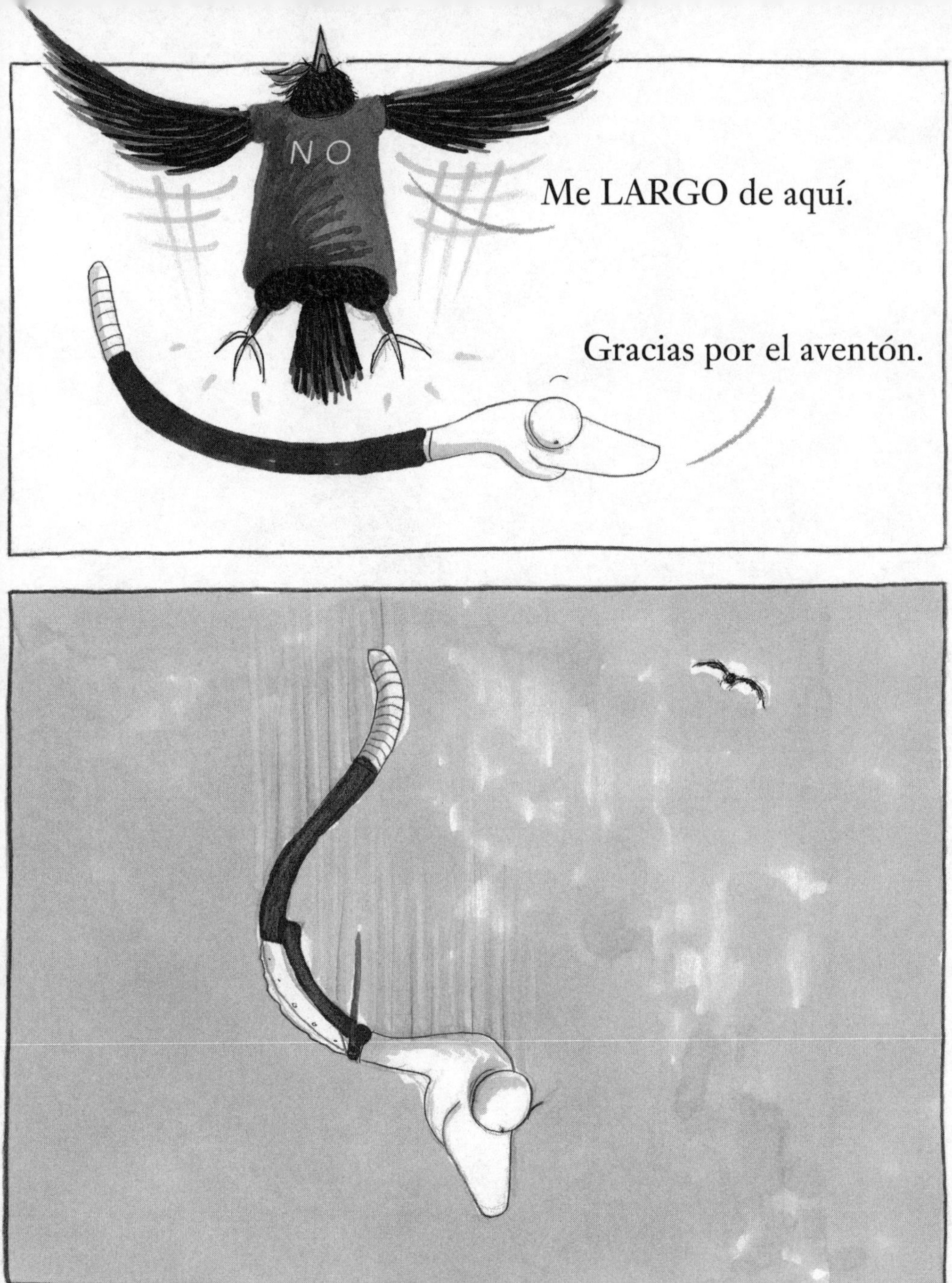

NO

Me LARGO de aquí.

Gracias por el aventón.

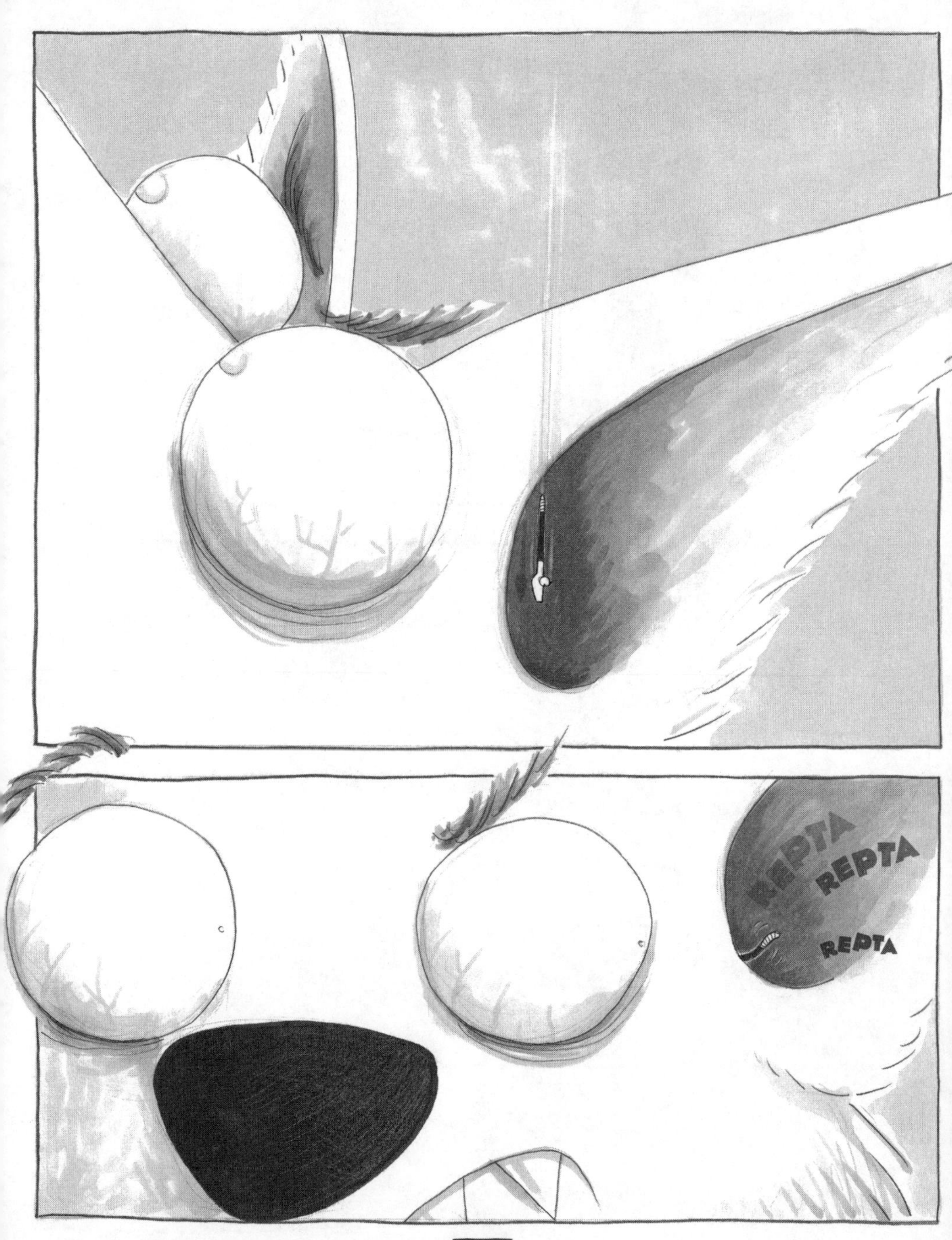
REPTA
REPTA
REPTA

¡¡GRRRRRRRRRR!!
¡Ya entró!

• CAPÍTULO 5 •

OPERACIÓN TARÁNTULA

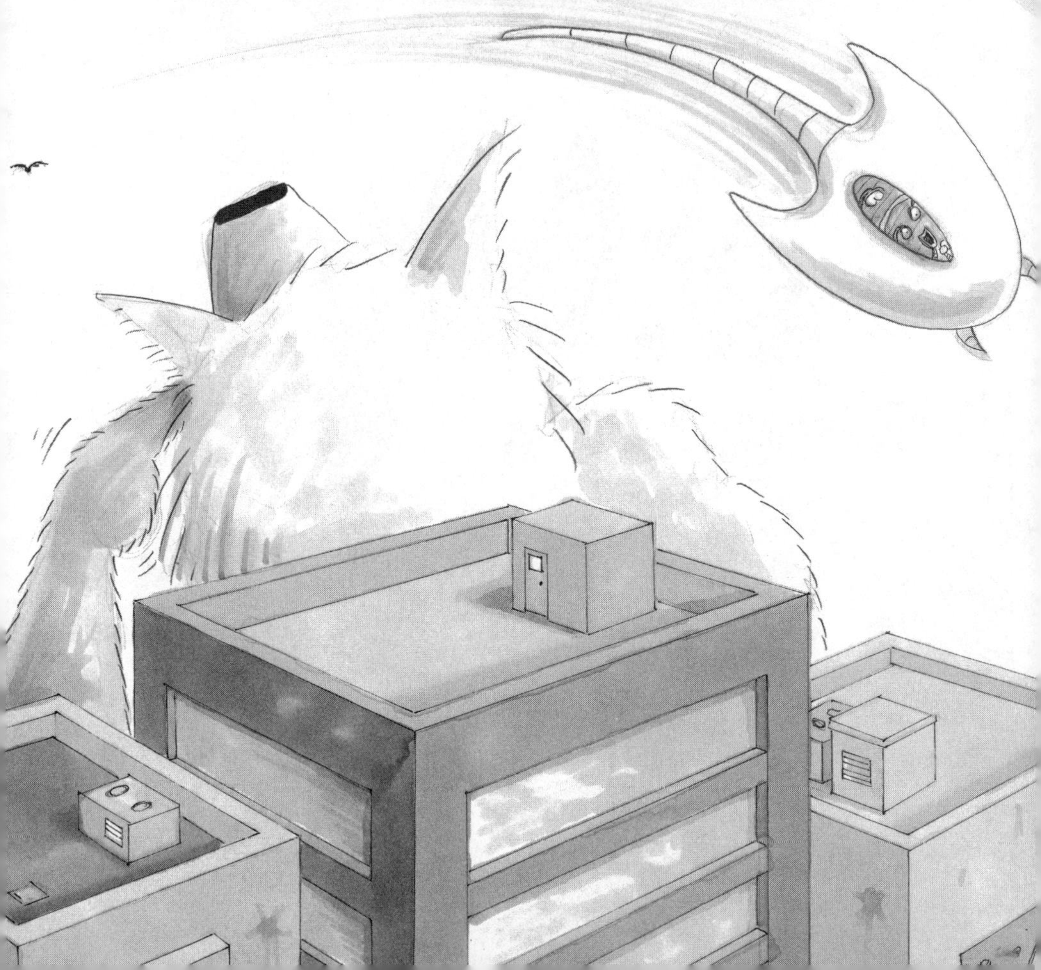

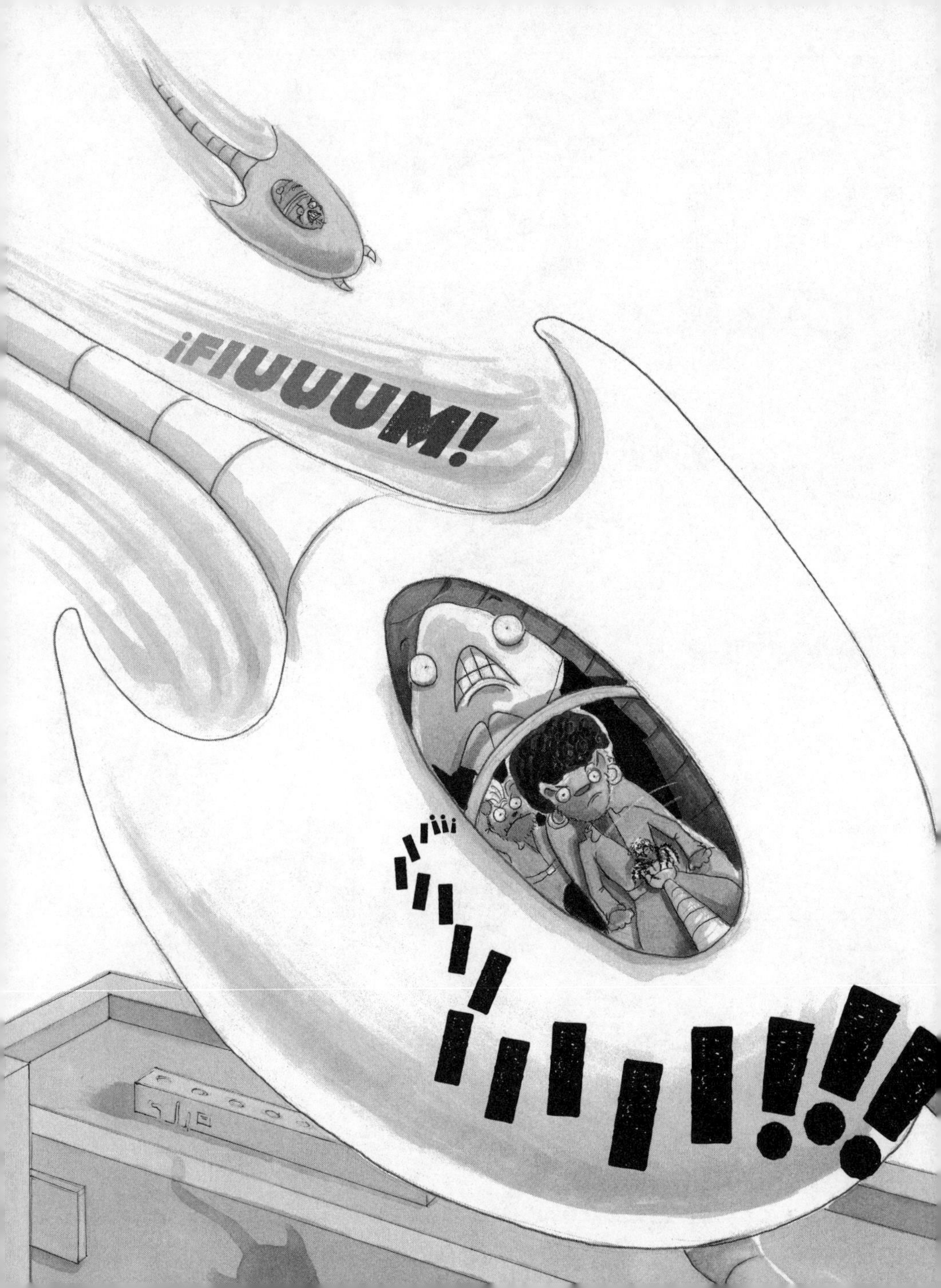
¡FIUUUM!
¡¡¡IIIIIIIII!!!

¡ZAZ!
¡ZAZ!
¡¡¡AAAAAAHHHHHH!!!
¡Los tenemos encima!
¡No podremos escapar!

¡No si manejas *tú*!
Dame ese mando,
SEÑORITO TÍMIDO.

Pero…
solo te he enseñado
unos treinta segundos…

¡chic!
Bueno, ¡adivina qué! ¡Es el
DÍA DE LA GRADUACIÓN!
¡MUÉVETE!

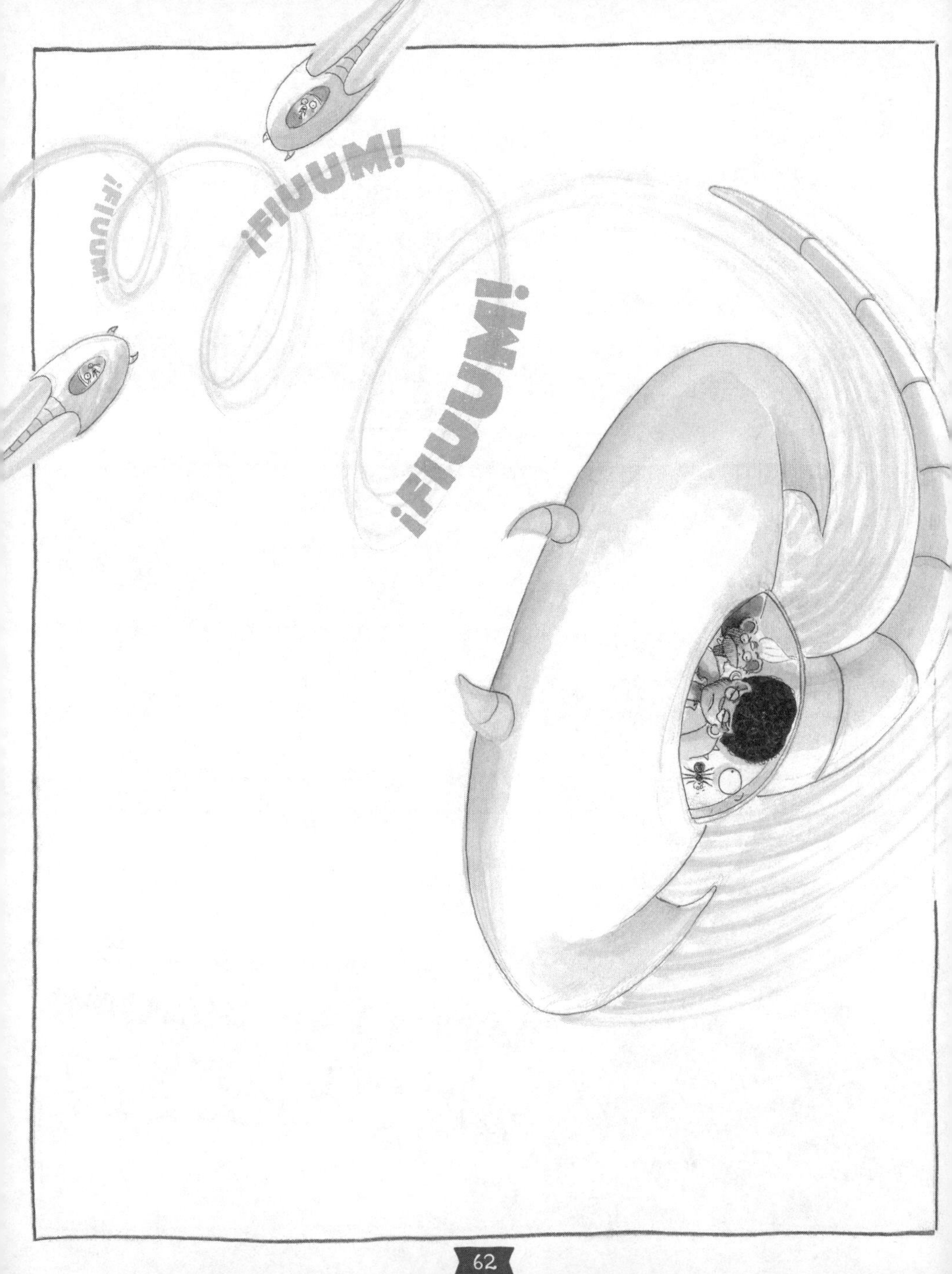
¡FIUUM!
¡FIUUM!
¡FIUUM!

¡BUUM!
¡FIUUUUUUUUM!

Realmente aprende rápido...

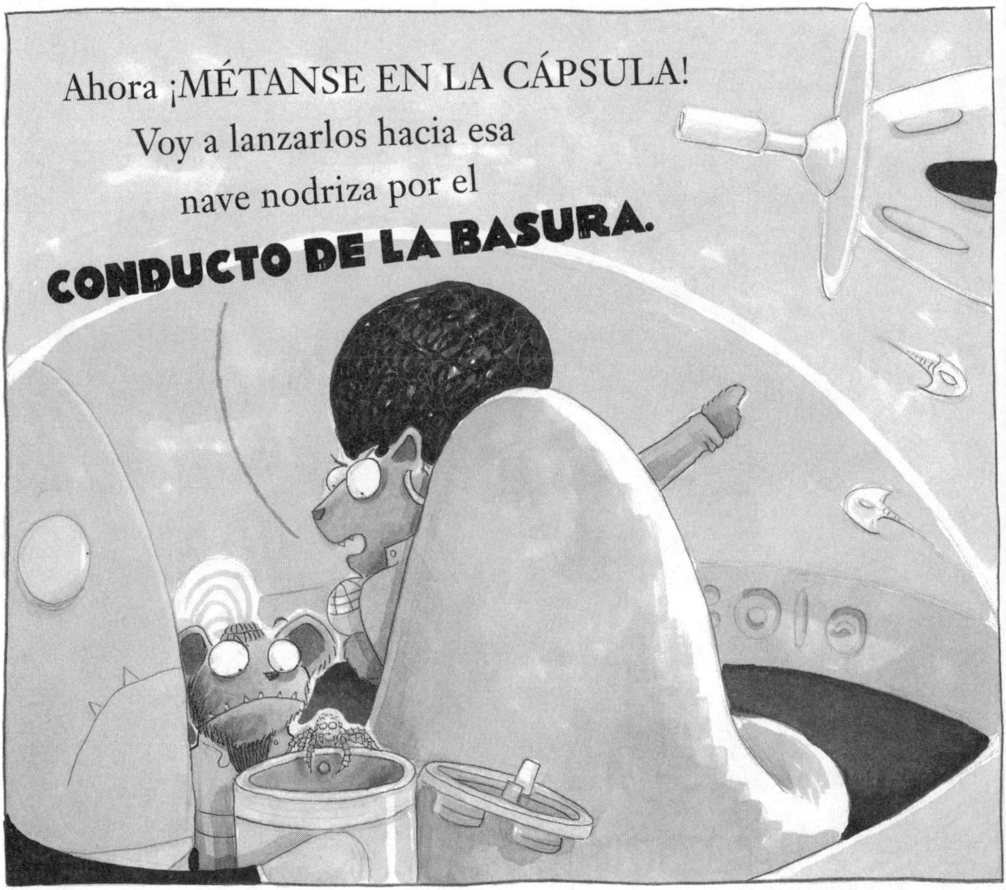

Ahora ¡MÉTANSE EN LA CÁPSULA!
Voy a lanzarlos hacia esa
nave nodriza por el
CONDUCTO DE LA BASURA.

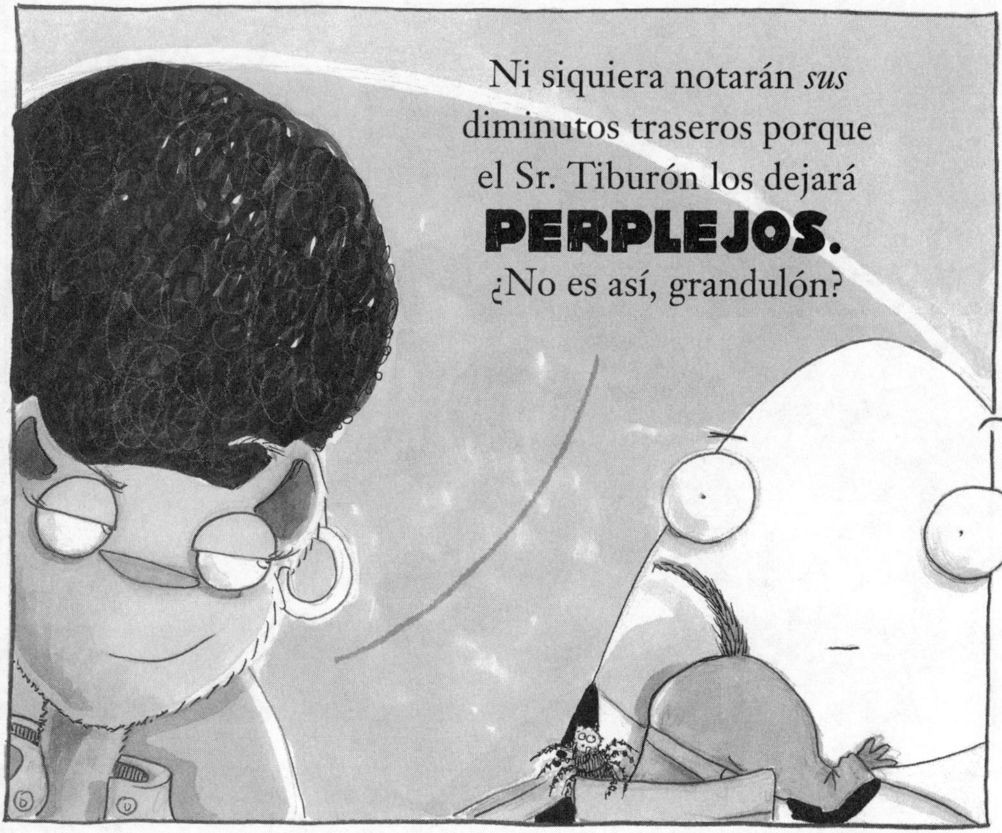

Ni siquiera notarán *sus* diminutos traseros porque el Sr. Tiburón los dejará **PERPLEJOS.** ¿No es así, grandulón?

Sabes que sí.
Es hora de brillar, nené…

Bueno, *allá voy*…

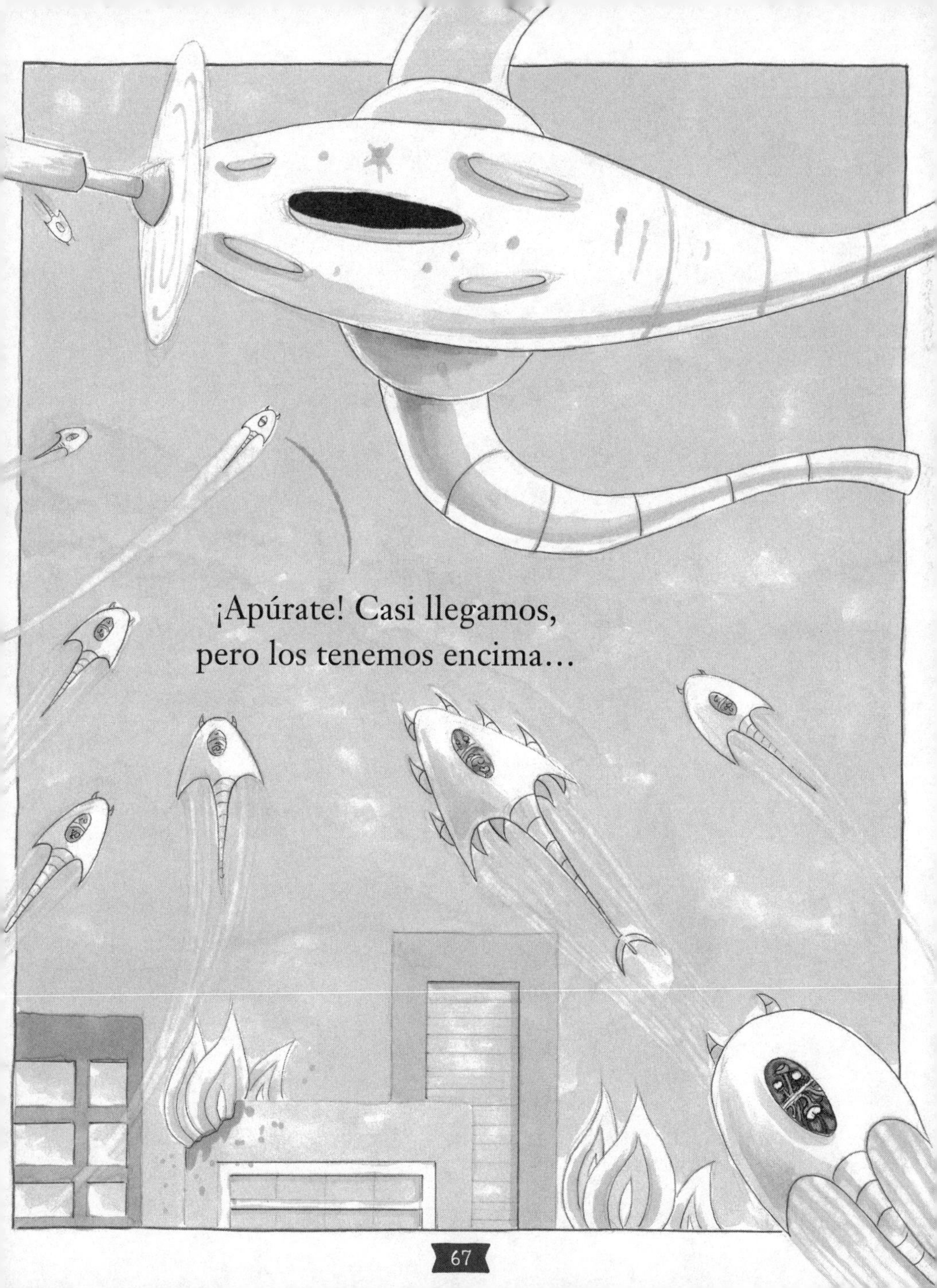
¡Apúrate! Casi llegamos,
pero los tenemos encima…

COMANDANTE, LOS TENGO EN LA MIRILLA.

ESPERA,
¡¿QUÉ ES ESO?!

¿ES ESO UN...?

¡ES UN UNICORNIO!

¡¿UN QUÉ?!

¡UN UNICORNIO!
¡Ayyyy!
¿NO TE PARECE
MÁGICO?

ENTENDIDO.
PULVERIZANDO AL
UNICORNIO EN TRES.
UNO...

Allá
vamos…

¡GLUP!

¡PUUUUUF!

¡¡¡TOOOIIIINNNN!!!

En la diana.
DOS…

¡TRES!
¡BUU

Ay, no…

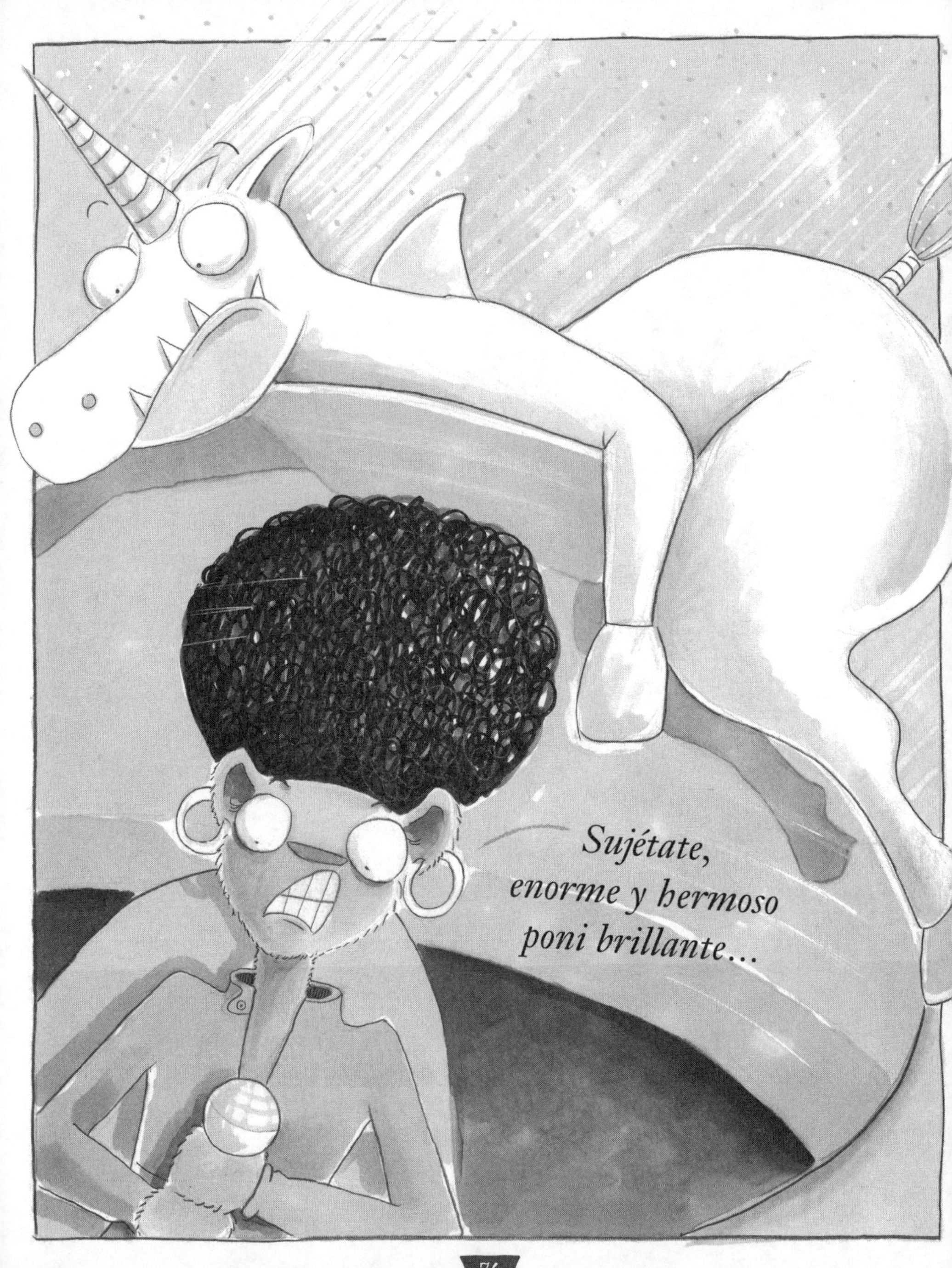
Sujétate,
enorme y hermoso
poni brillante...

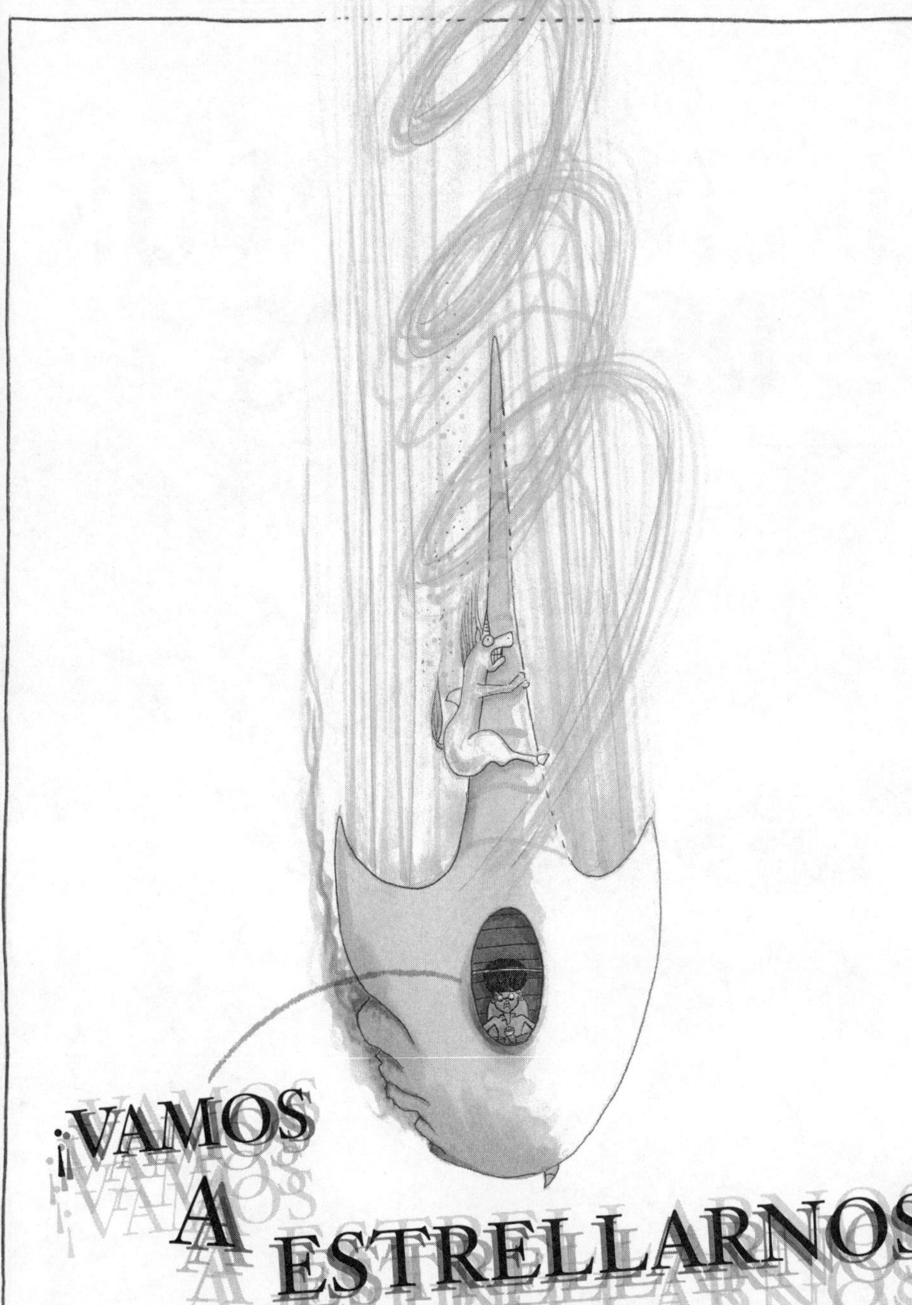

¡VAMOS A ESTRELLARNOS!

· CAPÍTULO 6 ·

EL ENCANTADOR DE LOBOS

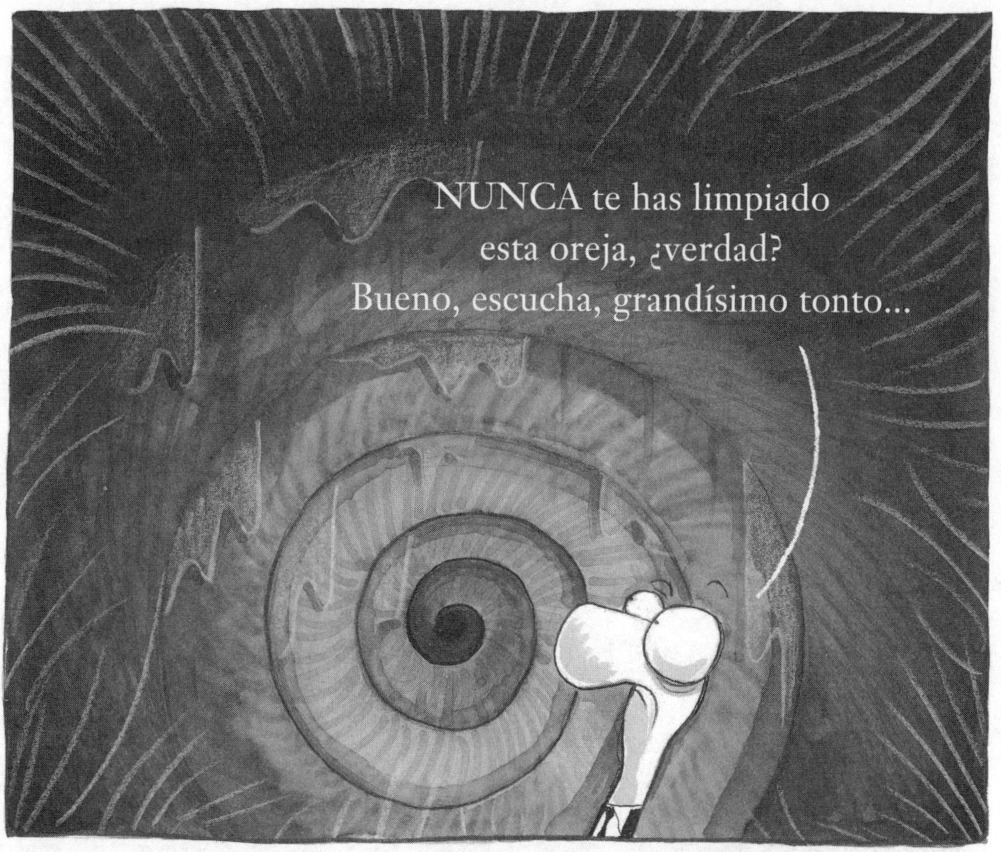

NUNCA te has limpiado
esta oreja, ¿verdad?
Bueno, escucha, grandísimo tonto...

VAS a parar.
VAS a calmarte.
VAS a volver a la normalidad.

¡¡¡GRRRRRRRRR!!!
¡Ahhh!

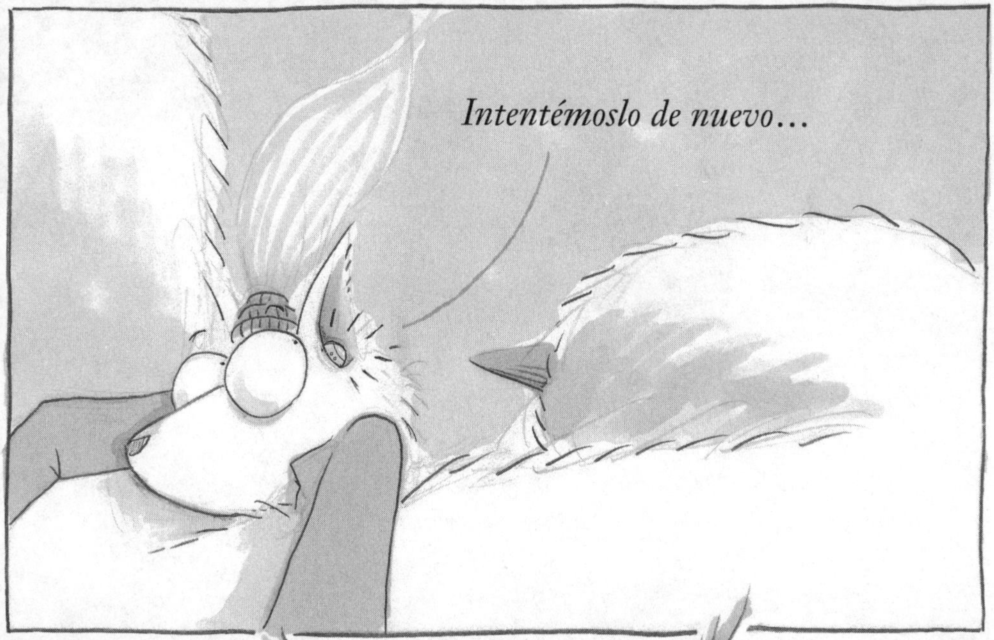

Intentémoslo de nuevo…

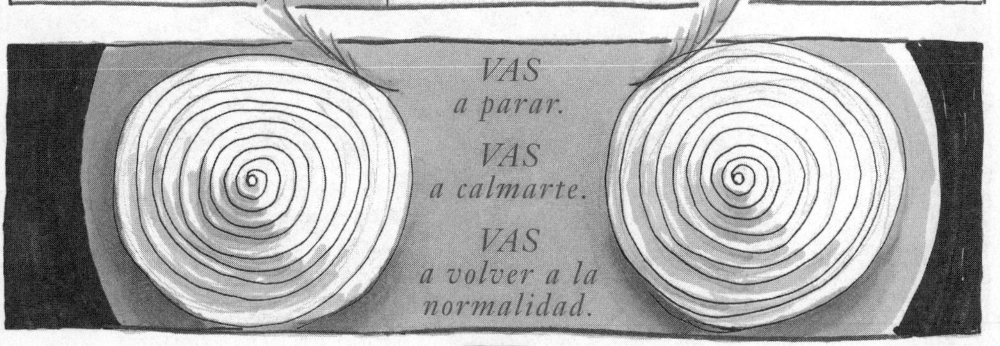

VAS a parar.

VAS a calmarte.

VAS a volver a la normalidad.

¡¡GRRRRRRRR!!!
¡PLAF!
Ay, no tiene caso.

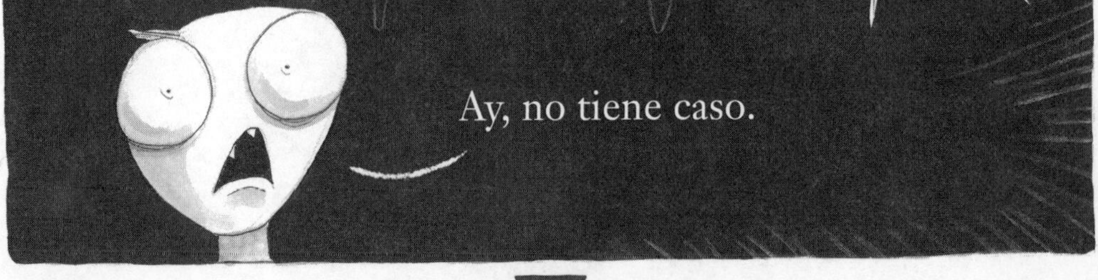

¿Sr. Culebra? ¿Me escuchas?
¡Sigue INSISTIENDO!

No puedo lograr...

Solo *inténtalo*.
Tienes que tratar.

Siento interrumpirlos,
pero me temo que tenemos
un pequeño
PROBLEMITA...

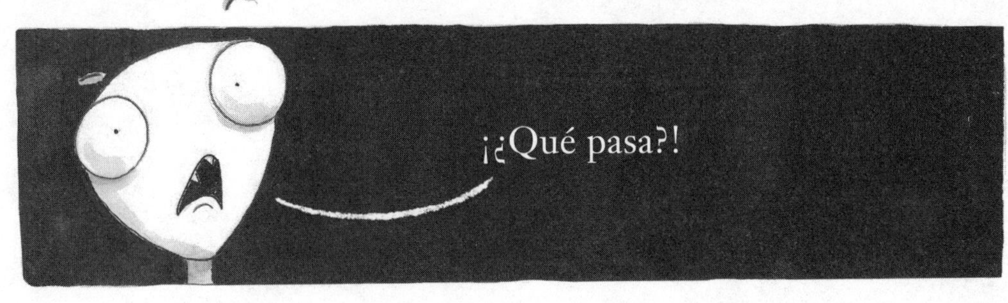

Bueno, acabo de cambiar a unos **AURICULARES** de alta calidad porque esos **AUDÍFONOS** que ustedes usan no se acomodaban a mis **OÍDOS PRIMORDIALES.**

Me fue difícil.

Pero no teman, que estos nuevos son en verdad excelentes…

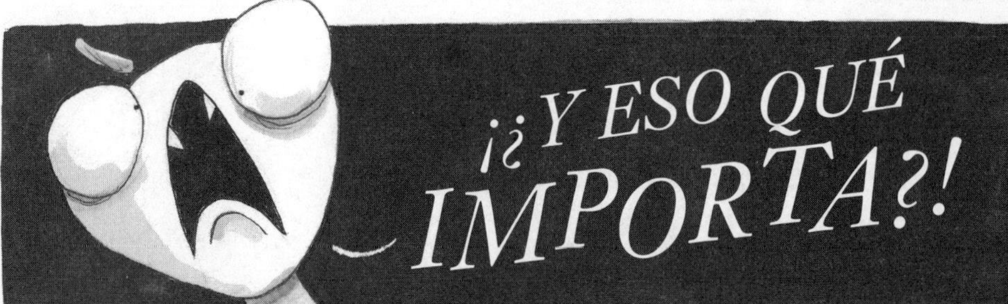

Bueno, esta es la cosa. Estos auriculares son tan profesionales que parece que han captado **OTRA SEÑAL** proveniente de la enorme cabeza del Sr. Lobo.

¿Qué tipo de señal…?

A menos que esté *muy* equivocado, sospecho que hay **ALGUIEN** metido en su **OTRA OREJA.**

¡ASÍ ES! ¡HOLA A TODOS!
LE HE ESTADO SUSURRANDO COSILLAS
A ESTE SACO DE PULGAS DESDE TEMPRANO,
Y ÉL HA DEMOSTRADO SER MUY ÚTIL.
PERO ESTA ES MI FIESTA, SR. CULEBRA...
ME TEMO QUE TENDRÉ QUE PEDIRTE
QUE BAJES LA MÚSICA.

¡¿Mermelada?!
¡LOBO!
¡CÓMETE A ESA ZORRA
Y DESTRUYE LA CIUDAD!
¡AHORA!

• CAPÍTULO 7 •

¿QUIÉN NECESITA SUPERPODERES?

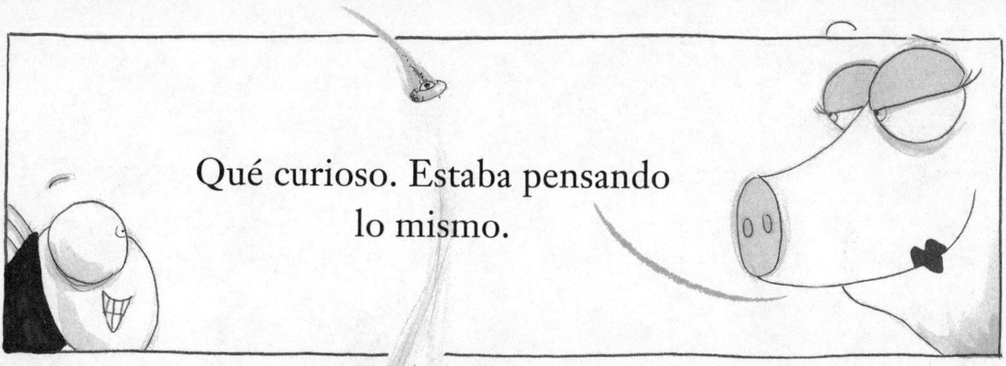

Qué curioso. Estaba pensando
lo mismo.

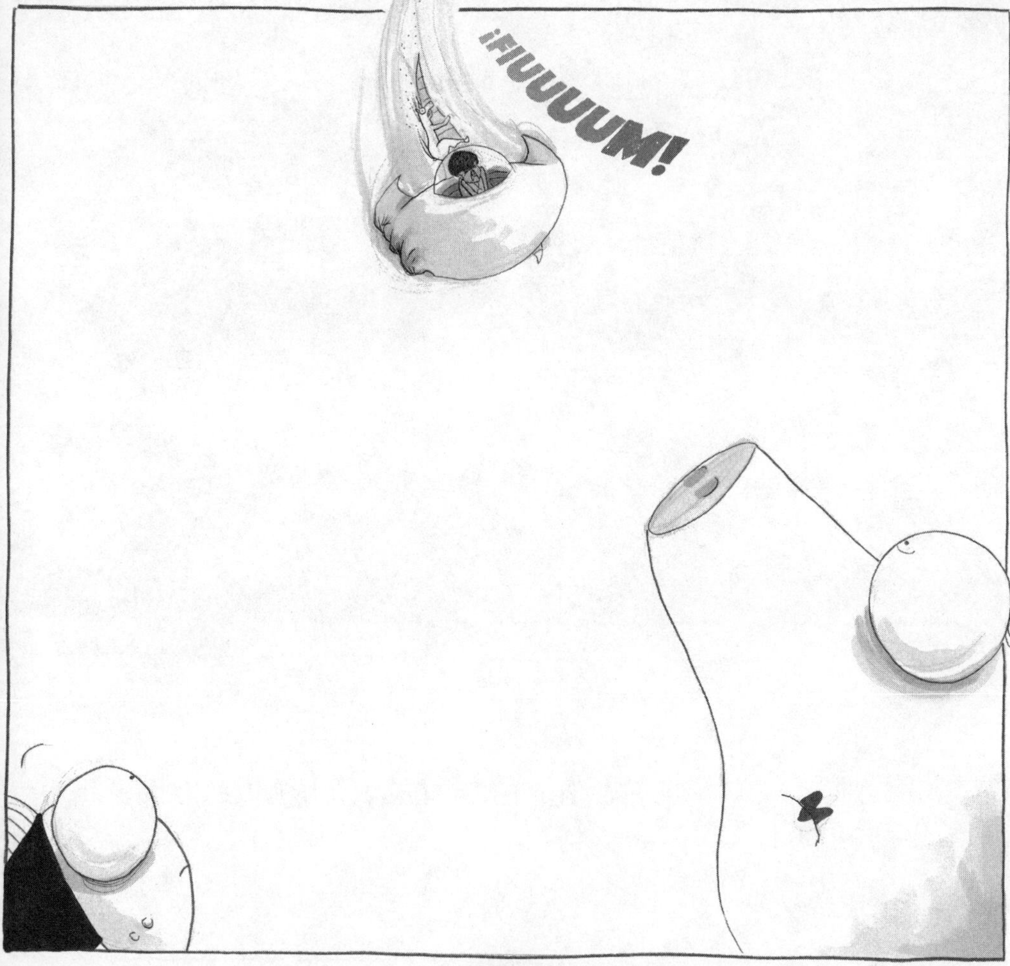

¡FIUUUUM!

¡CATAPUM!

¡¿Eso fue un… *UNICORNIO*?!

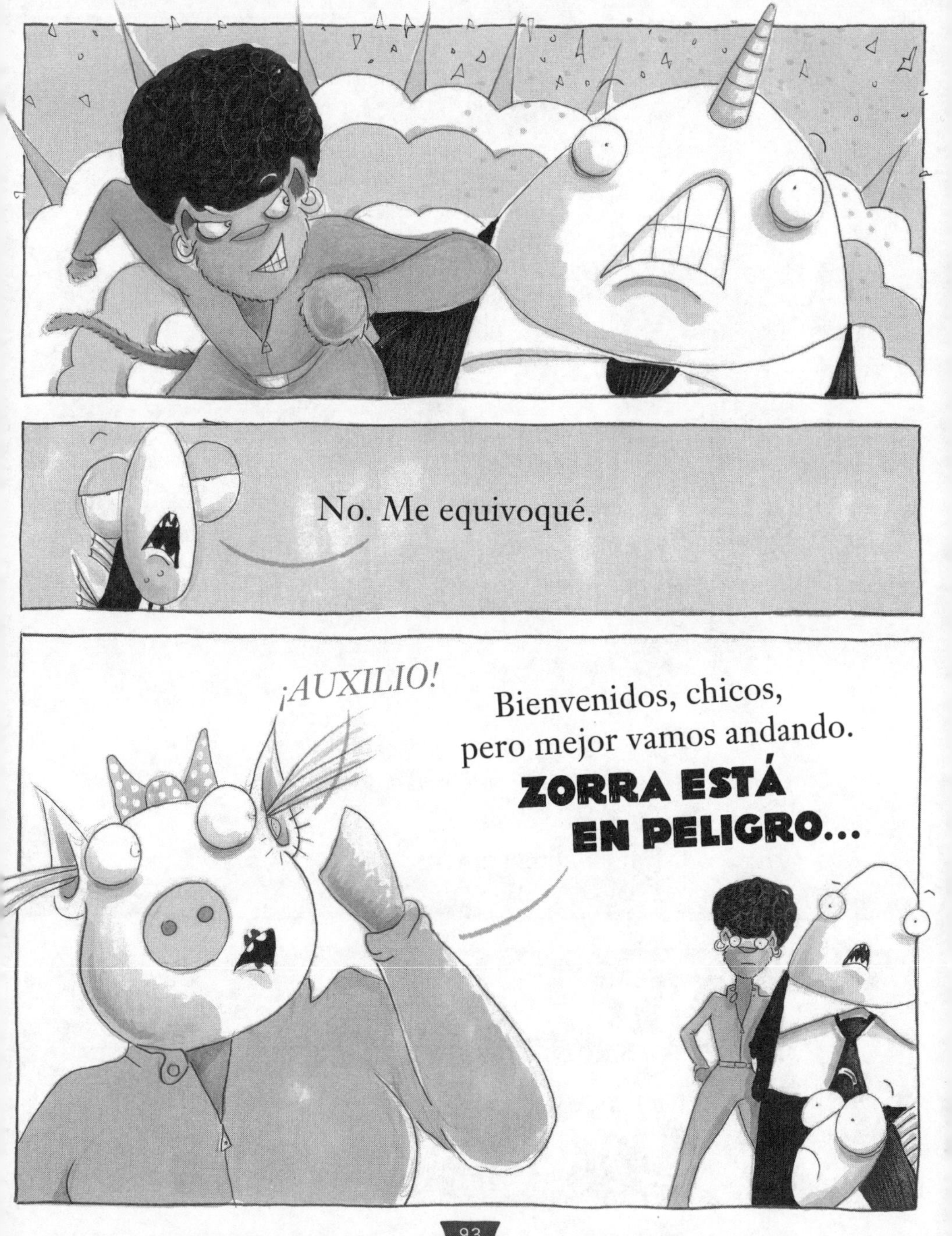

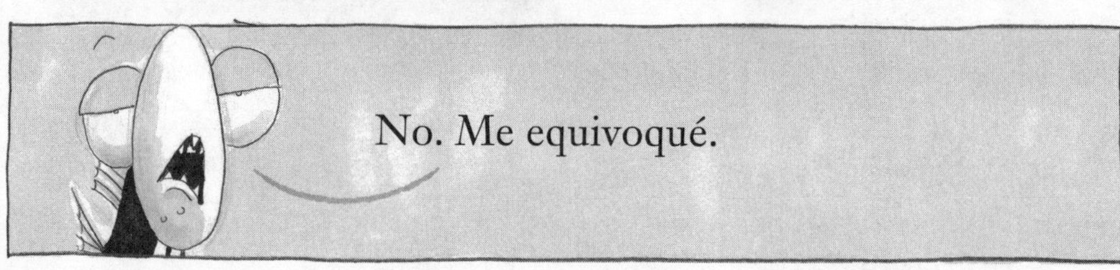

¡AUXILIO!

Bienvenidos, chicos,
pero mejor vamos andando.
**ZORRA ESTÁ
EN PELIGRO...**

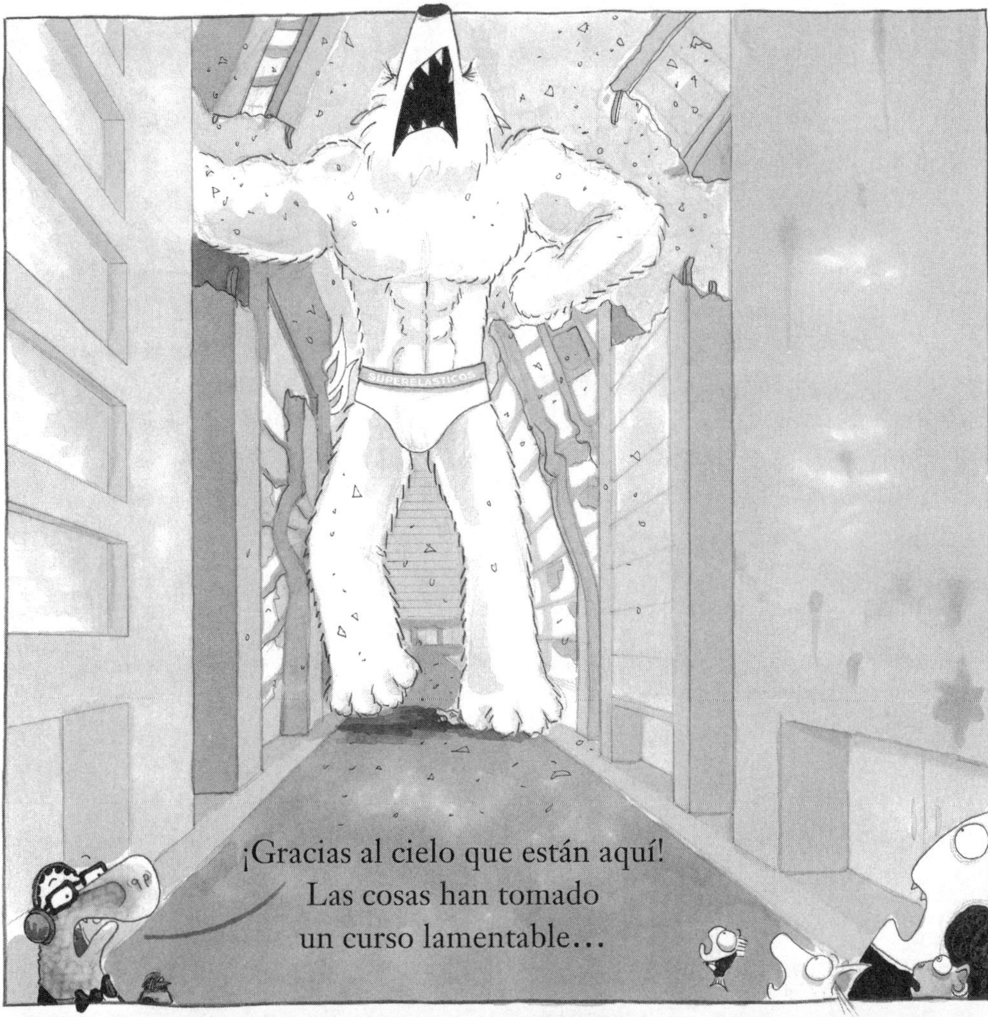

¡Gracias al cielo que están aquí!
Las cosas han tomado
un curso lamentable…

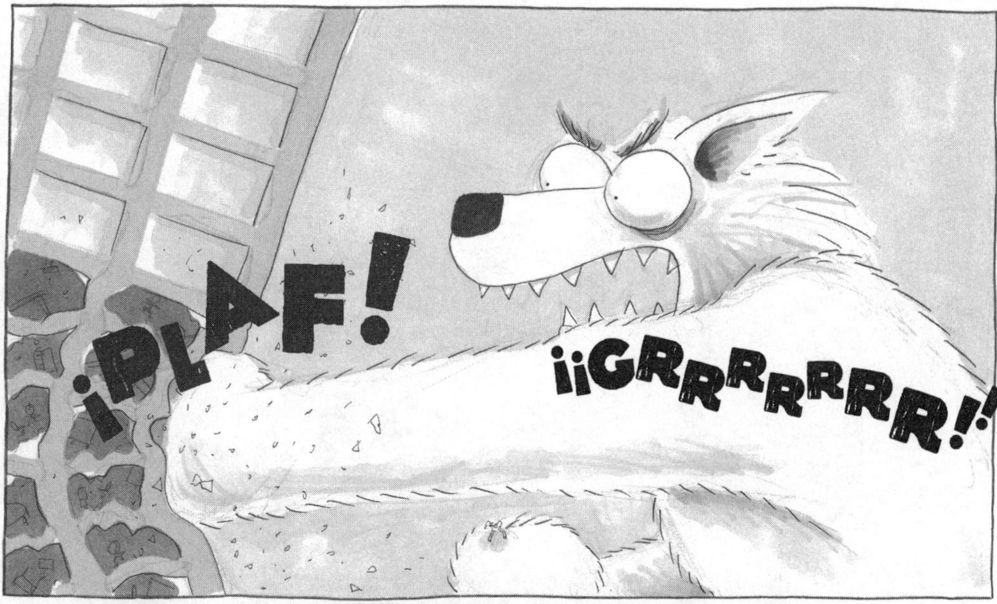

¡PLAF!

¡¡GRRRRRRRR!!

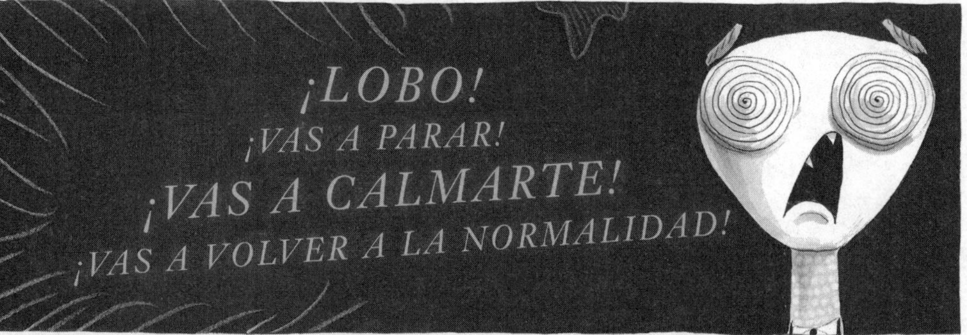

¡Ay!

¡¡CRONCH!!

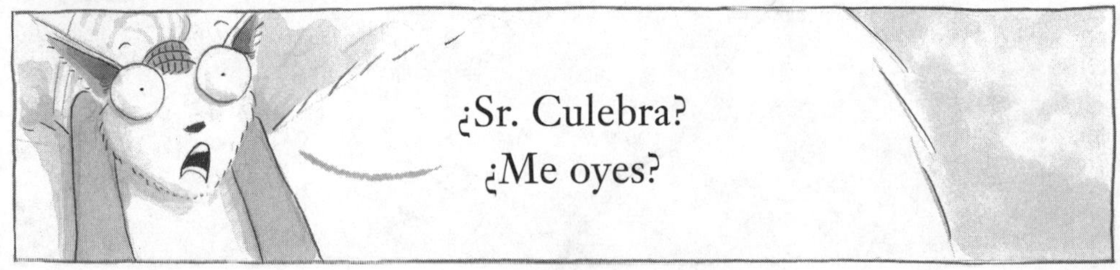

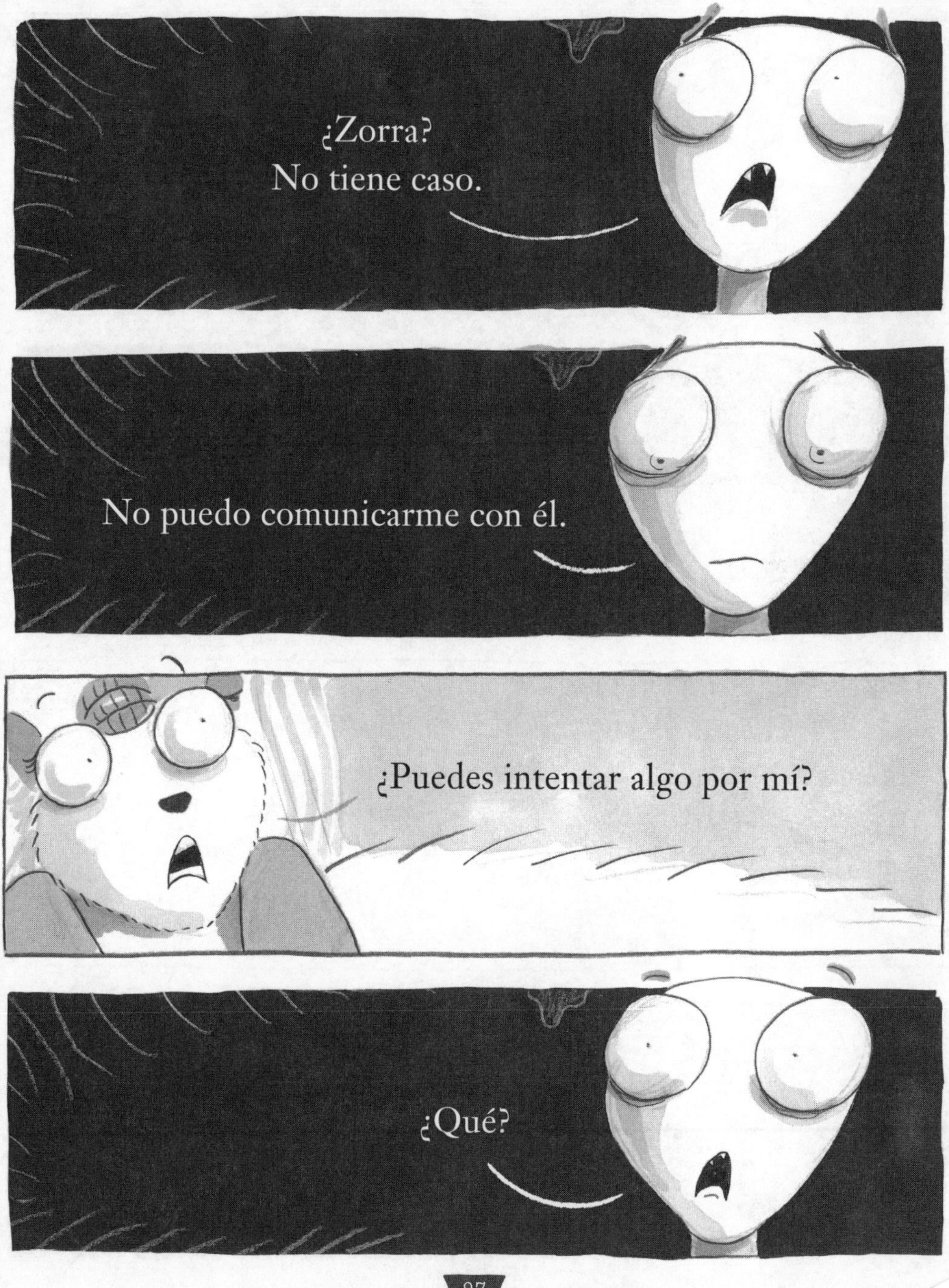

¿Zorra?
No tiene caso.

No puedo comunicarme con él.

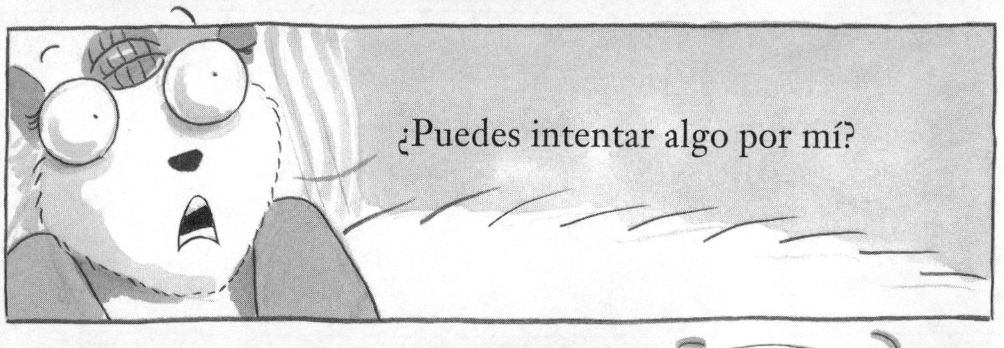

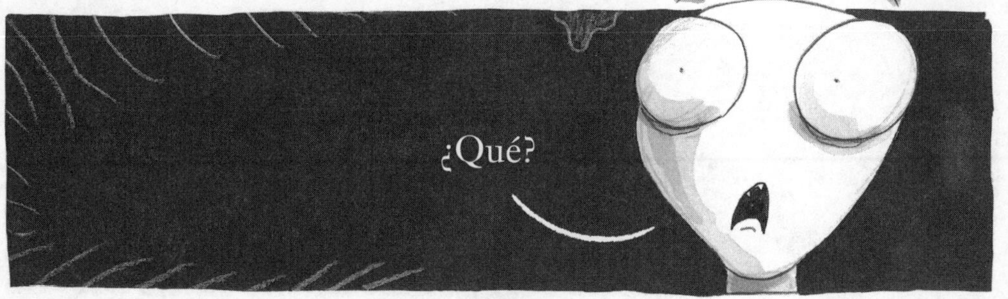

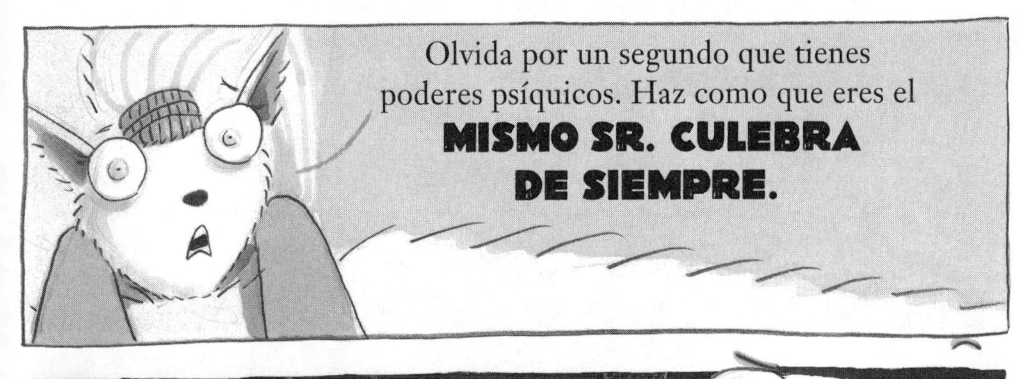
Olvida por un segundo que tienes poderes psíquicos. Haz como que eres el
MISMO SR. CULEBRA DE SIEMPRE.

¿QUÉ?
¡¿Qué lograré con eso?!

De ese modo podrás hablar con él.
Él te quiere.
Solo… *háblale*.

Pero eso es…

Sí, estoy hablando *contigo*, Cerebro de Trasero.

Mira, socio, ya es suficiente. Estoy hasta el cuello de cerumen

y mi paciencia tiene un **LÍMITE.**

Lo que estás haciendo está **MAL.** ¿Me oyes?

Te estás comportando como un **TIPO MALO.**

Y, socio, a estas alturas, eso es *muy* decepcionante.

Así que, por los viejos tiempos y por

todo lo que hemos luchado…

necesito que **PARES YA.**

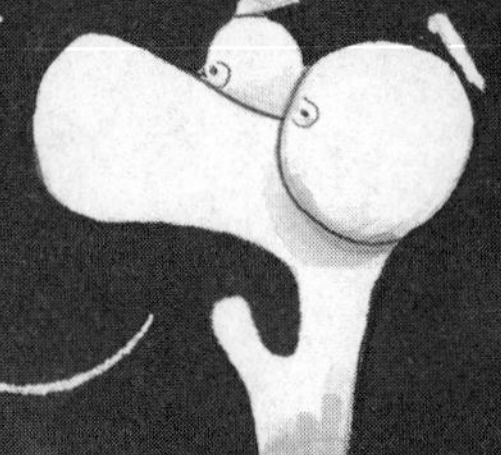

Y necesito que comiences a actuar
como un **HÉROE** otra vez.

¡GIME!

¡OYE!
¡¿QUÉ PASA AQUÍ?!

¡Sr. Culebra!
¡No pares!
¡Sigue HABLANDO!

• CAPÍTULO 8 •

LA CAÍDA

¿Sr. Lobo?
¿Estás...?

CHILLÓN
PELIGRO
¡PLAN DE CONTINGENCIA!

ESTO AVIVARÁ LAS COSAS OTRA VEZ.
CHILLÓN
¡!
PELIGRO
EMITE UN SONIDO DE ALTA FRECUENCIA

¡CHIN!
CHILLÓN
¡!

¡¡ADIÓS, LOBITO!!

¡ESO DEBE DE BASTAR PARA
EMPEZAR LA FIESTA!

SUPERELÁSTICOS

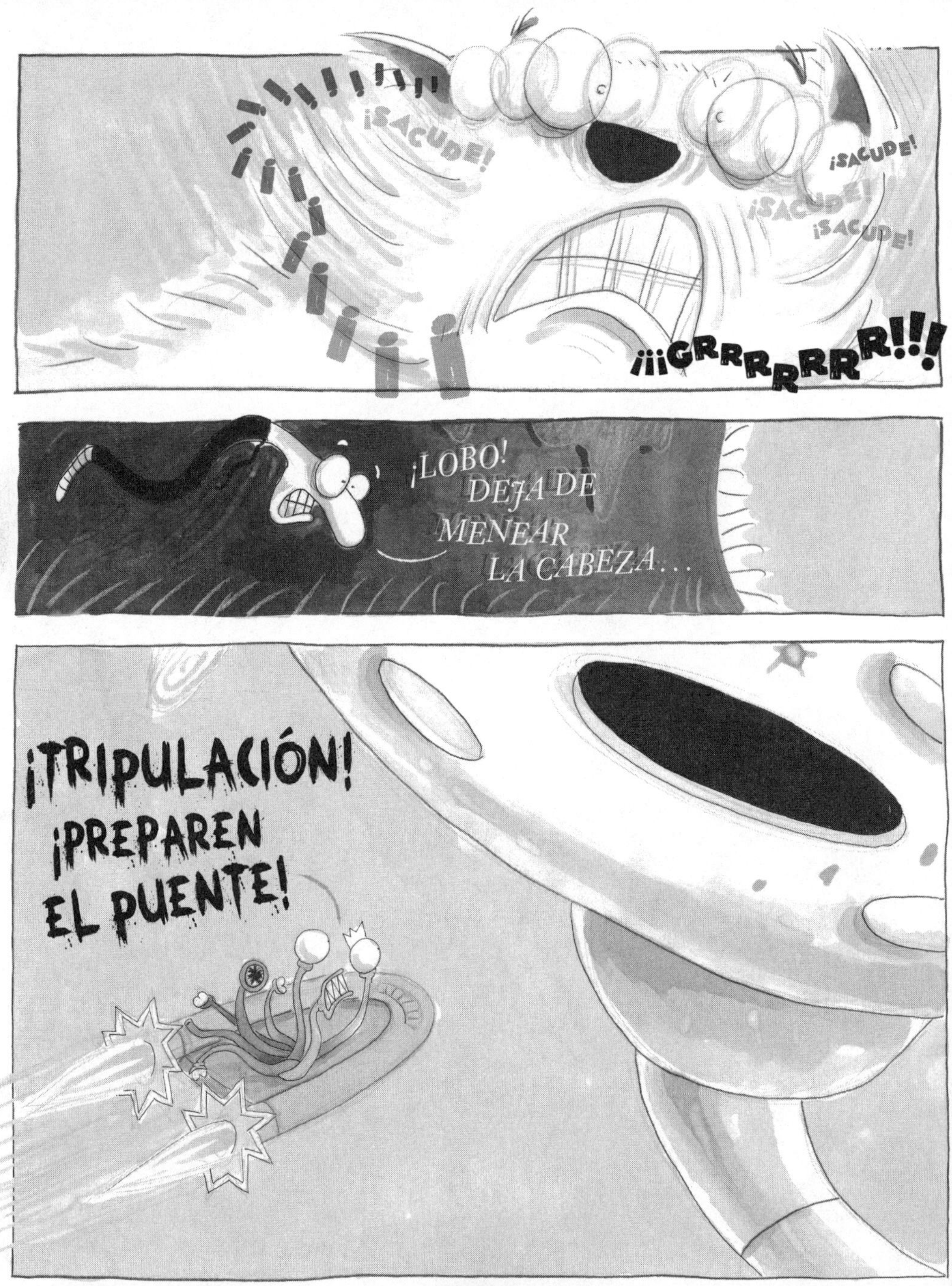

¡TRIPULACIÓN! ¡PREPAREN EL PUENTE!

EL AMO ESTÁ EN CASA...

Y NO ESTÁ CONTENTO.

¡ACTIVEN LAS CUCHILLAS Y ATAQUEN!

¡FUIIICH!
¡SACUDE!
¡SACUDE!
¡SACUDE!
¡Ayy!

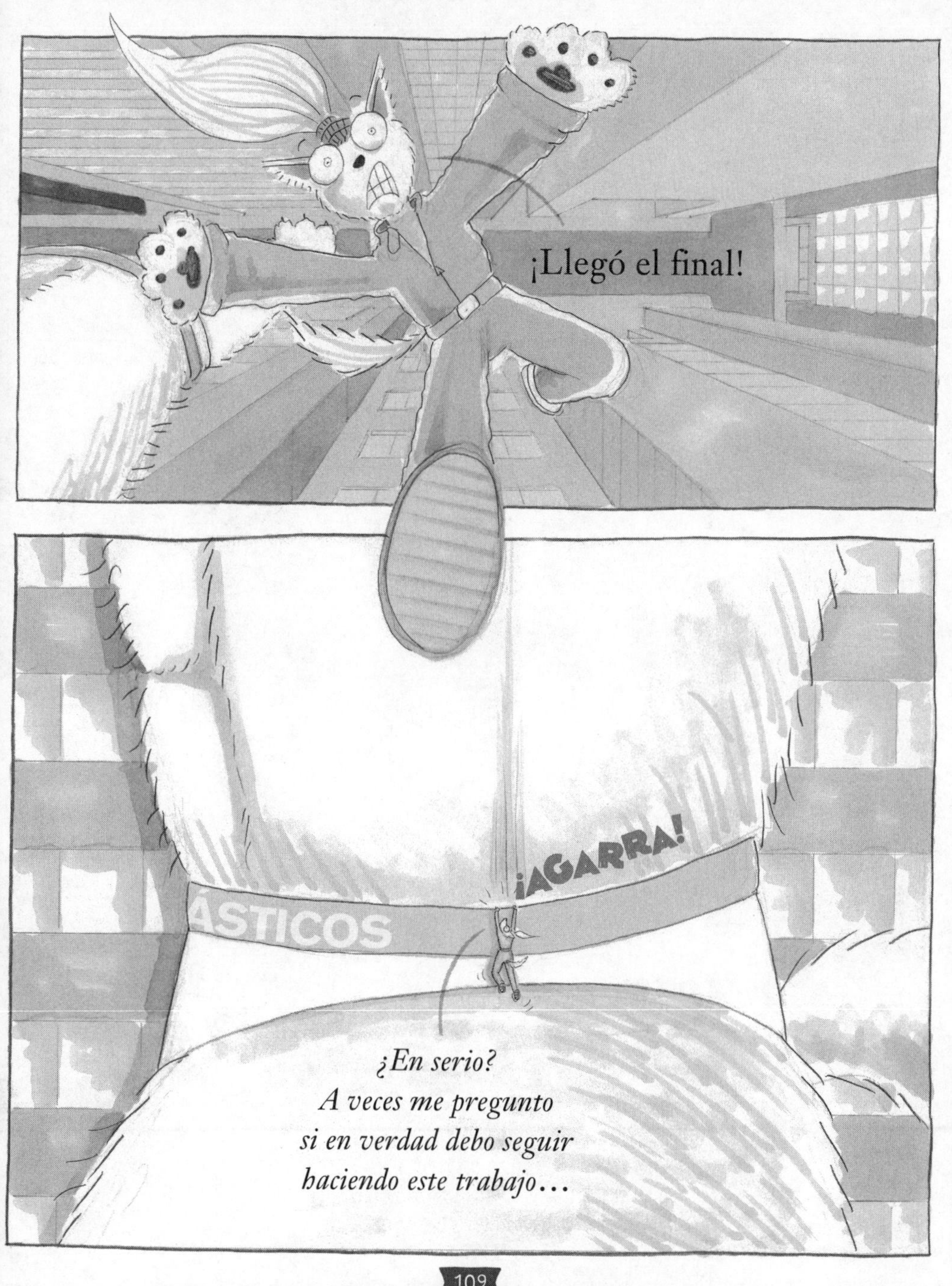
¡Llegó el final!
ÁSTICOS
¡AGARRA!
¿En serio?
A veces me pregunto
si en verdad debo seguir
haciendo este trabajo…

FUIIIIIICH
¡¡¡GRRRRRRR

RRRRR!!!

¡SR. CULEBRA!
¡ESAS CUCHILLAS LO VAN A CORTAR EN PEDAZOS!
¡TIENES QUE ADVERTIRLE!
OS

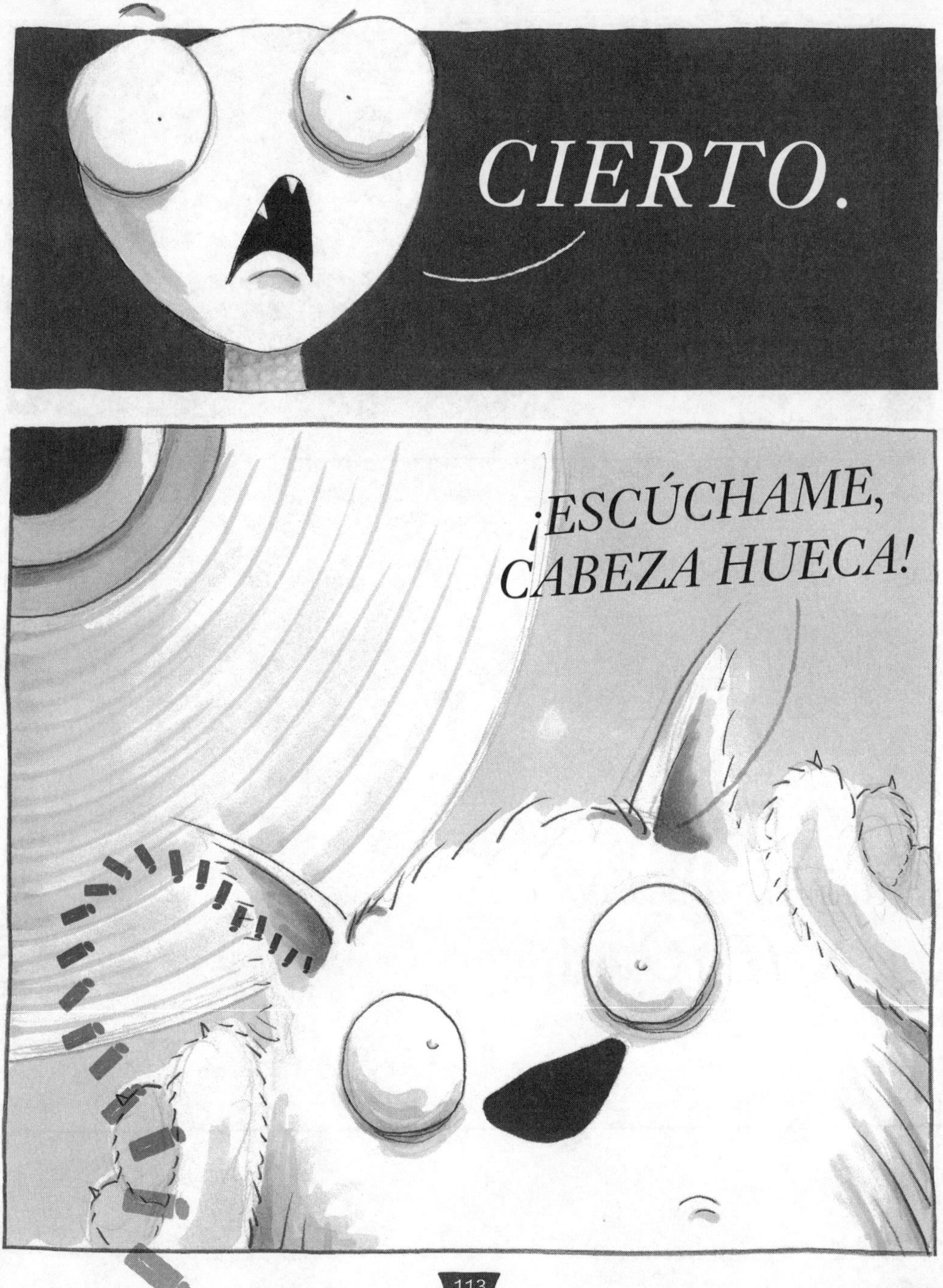

¡ESCÚCHAME,
CABEZA HUECA!

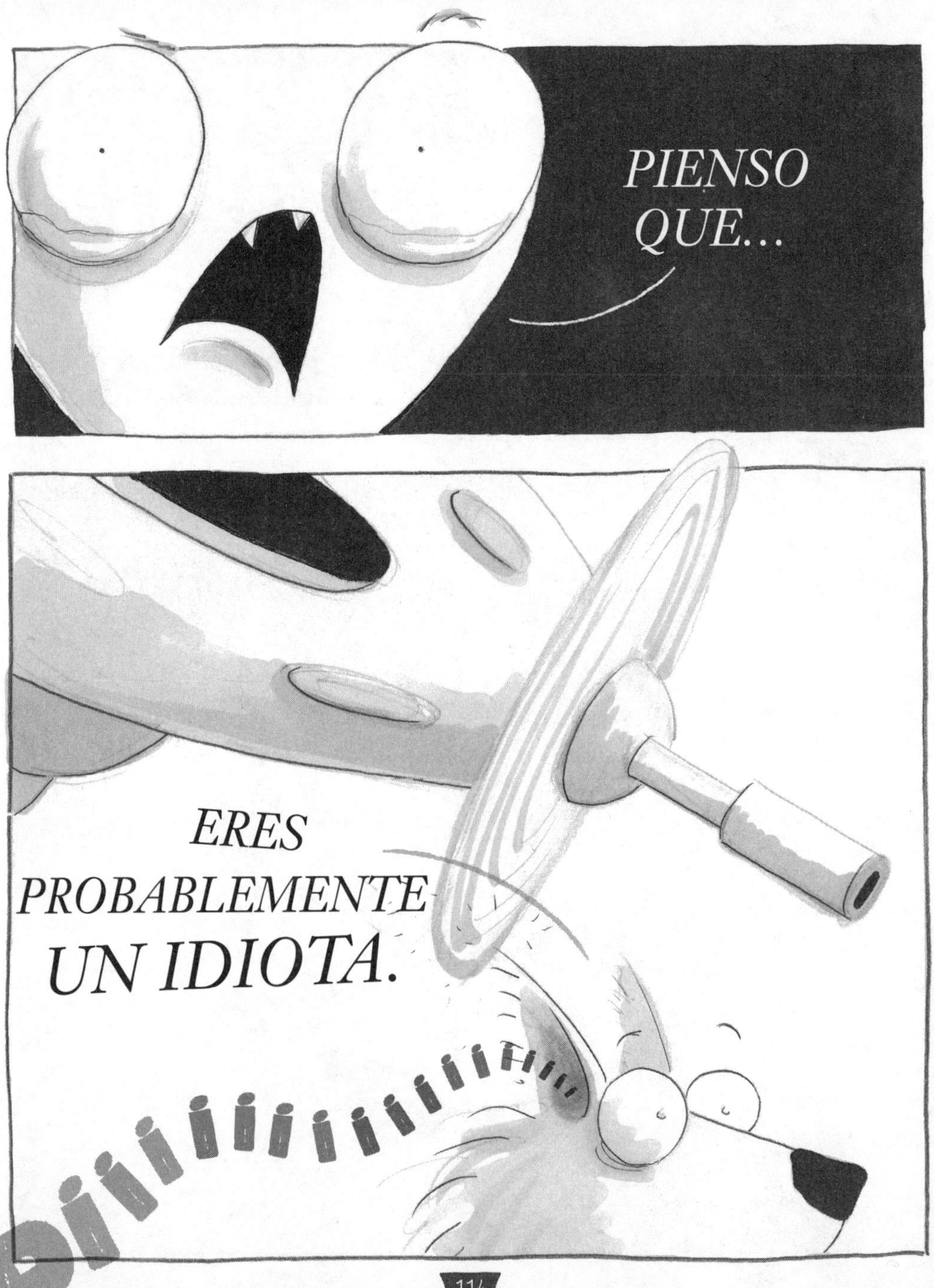

ERES PROBABLEMENTE UN IDIOTA.

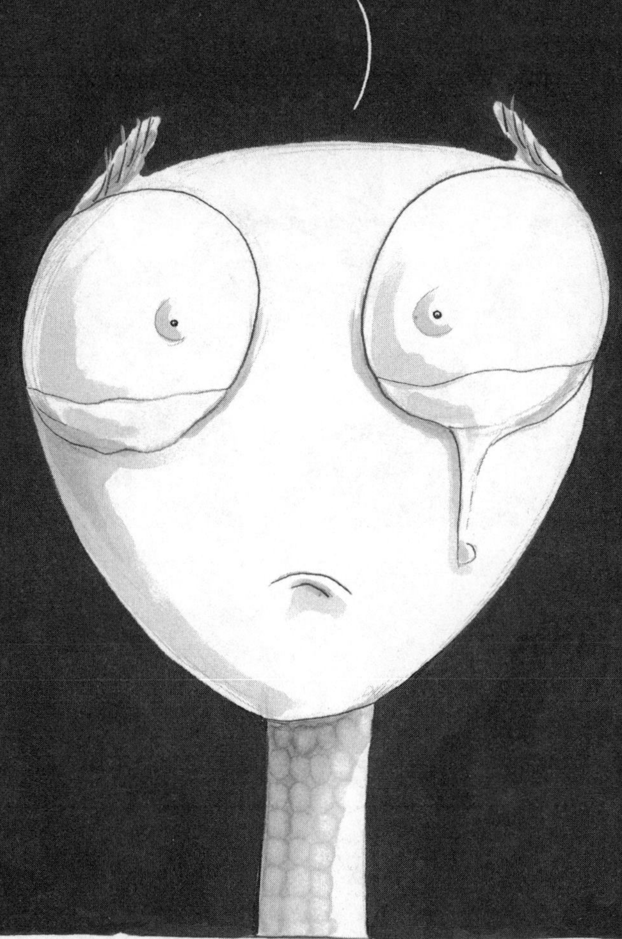
Pero también eres lo mejor
que me ha pasado en la vida.

¡ASÍ QUE DESPIERTA,
CABEZA HUECA!

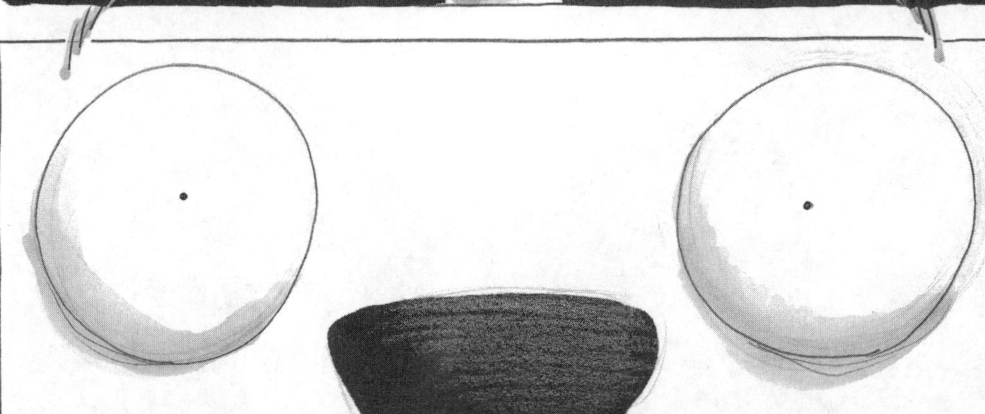

¿Eh?

FUIIIIIIIIIIIIIIIIICH
¡AGARRA!

¡¡GRRRRRRRR!!

¡SACUDE!
¡SACUDE!
¡SACUDE!
¡SACUDE!
PÍÍÍÍÍÍÍÍÍÍ
¡SACUDE!
¡SACUDE!
SUPER

¡¿QUÉ ESTÁ HACIENDO?!

¡Huy!
Esta nave nodriza se mueve más de lo esperaba...

AY, EN SERIO. ¡YA BASTA!

EXTRACCIÓN DE SUPERPODERES

NUESTRA TECNOLOGÍA ACCIDENTALMENTE LES DIO UNA PIZCA DE NUESTROS PODERES A ESTOS IDIOTAS...

PERO SE ACABÓ LA DIVERSIÓN. ¡ES HORA DE QUITARLES LOS JUGUETES!

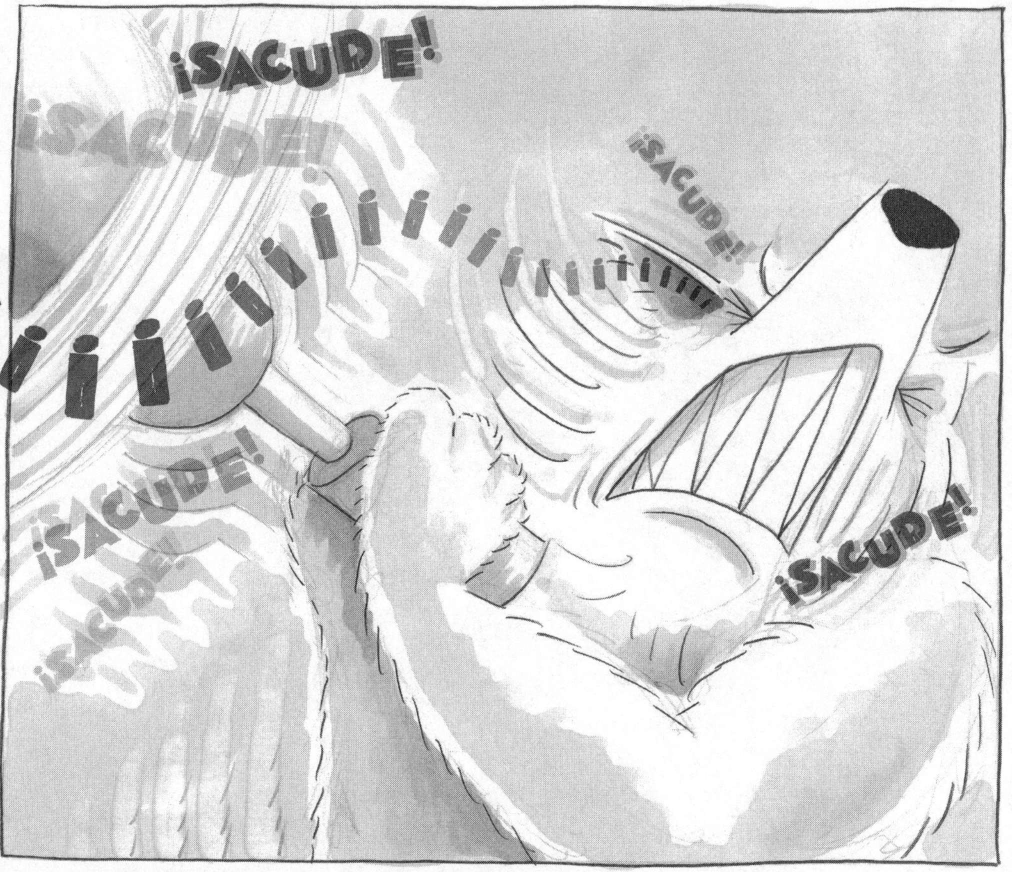

¡SACUDE!
¡SACUDE!
¡SACUDE!
¡SACUDE!
¡SACUDE!
¡SACUDE!

¡LOBO!
SI NO DEJAS
DE MENEARTE
VOY A...

¡PUUUF!

¡PUUUF!

Sí.

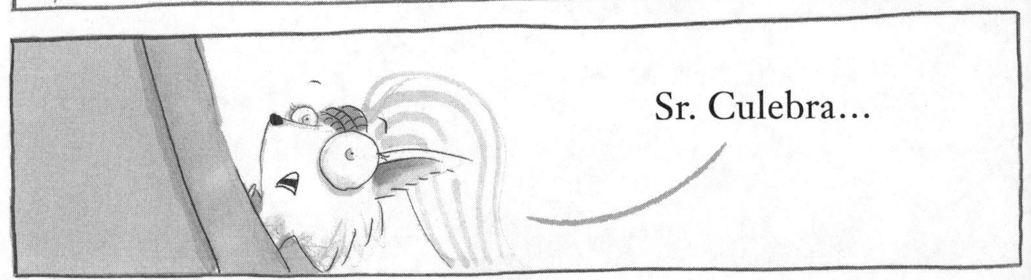

¡Ah!
Qué buena
suerte…

¡FUEGO!

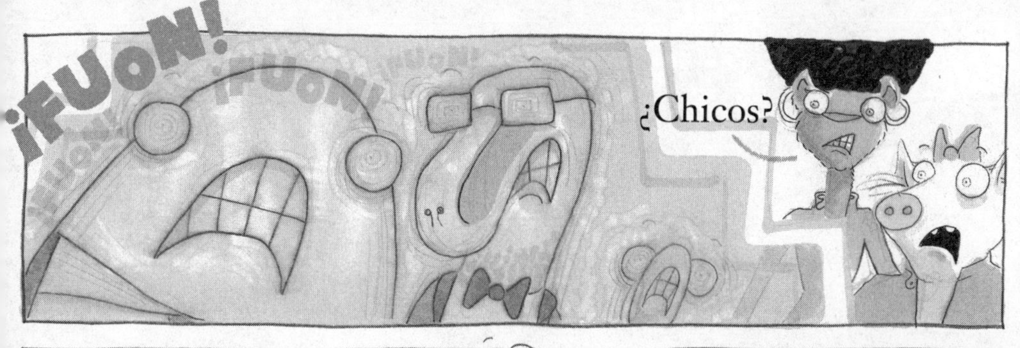

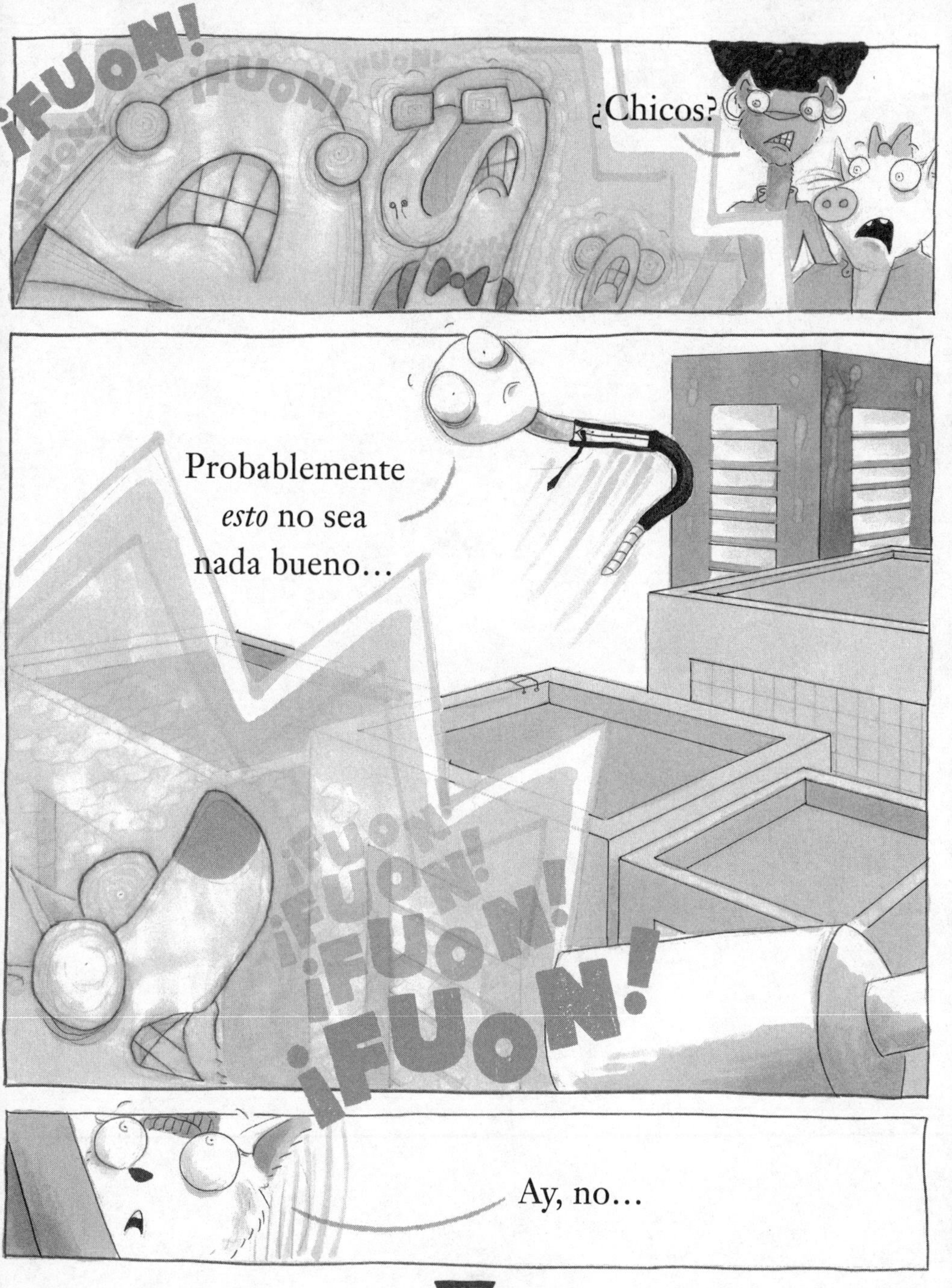

Probablemente *esto* no sea nada bueno…

¡FUON!
¡FUON!
¡FUON!
¡FUON!

Ay, no…

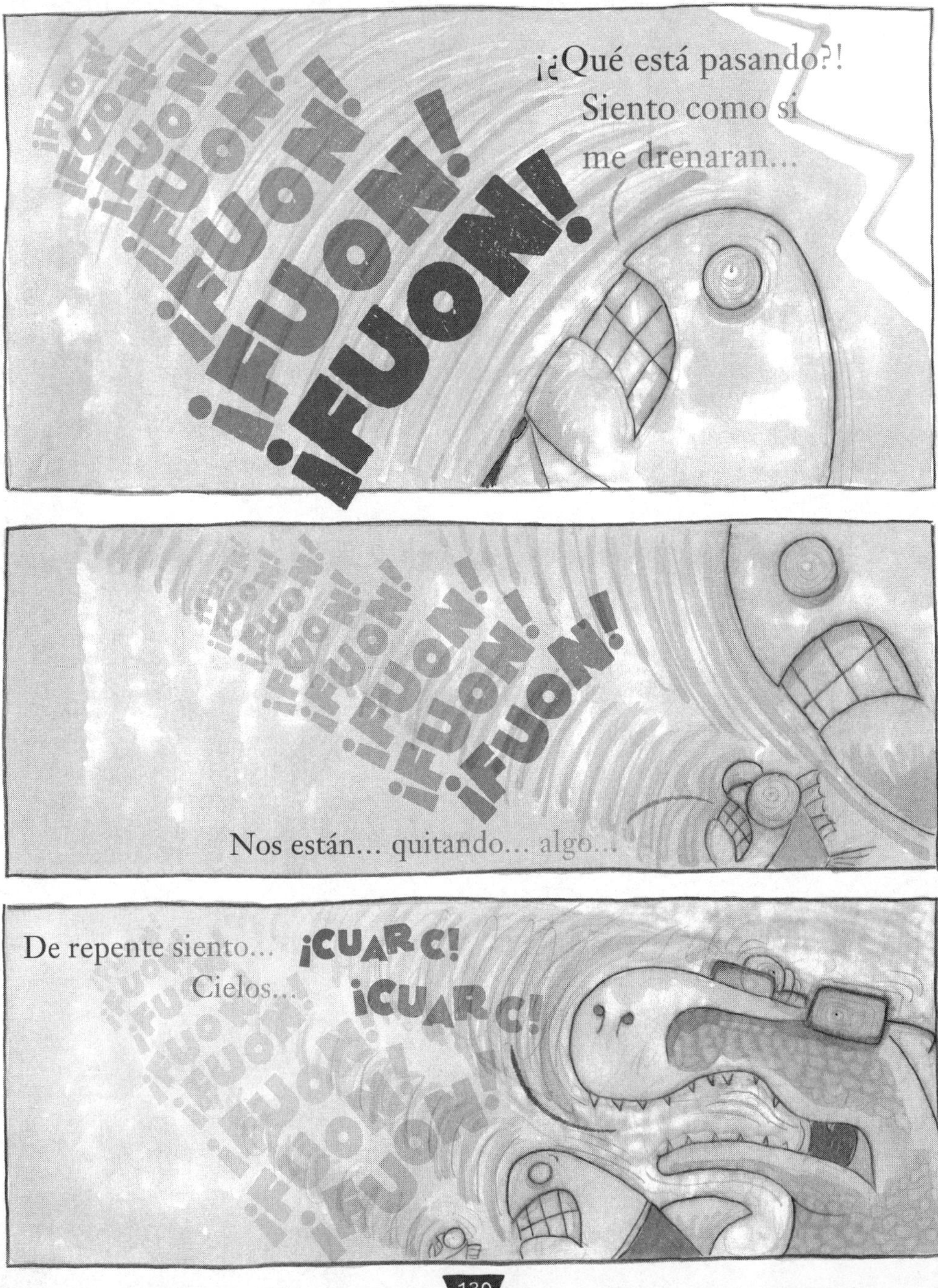

¡FUON! ¡FUON! ¡FUON! ¡FUON! ¡FUON! ¡FUON! ¡FUON!

¡¿Qué está pasando?! Siento como si me drenaran...

¡FUON!
¡FUON!
¡FUON!
¡FUON!
¡FUON!
¡FUON!
¡FUON!
¡FUON!
¡FUON!
¡Sr. Lobo! ¡Te estás encogiendo!
STICOS

¡¿Sr. Lobo?!

Ay, Sr. Lobo.
¡Eres *tú*!

Agente Zorra… ¿Qué…?
¡¿Qué he hecho?!

¿Culebra?

• CAPÍTULO 9 •

EL MOMENTO MÁS SOMBRÍO

¡Suficiente, Manos de Trasero!
¡Voy a salir disparado
a tumbarlo!

¿Queeé…? ¡Un momento!
Mi **SÚPER VELOCIDAD…**
ha…

Desaparecido. Mi poder también.
NO PUEDO TRANSFORMARME.
Debe de habernos quitado los poderes con ese estraño disparo.
Y ¿por qué de pronto lleva una **CORONA**?

¡BUENA PREGUNTA!
DEBEN QUERER SABER MUCHAS COSAS.

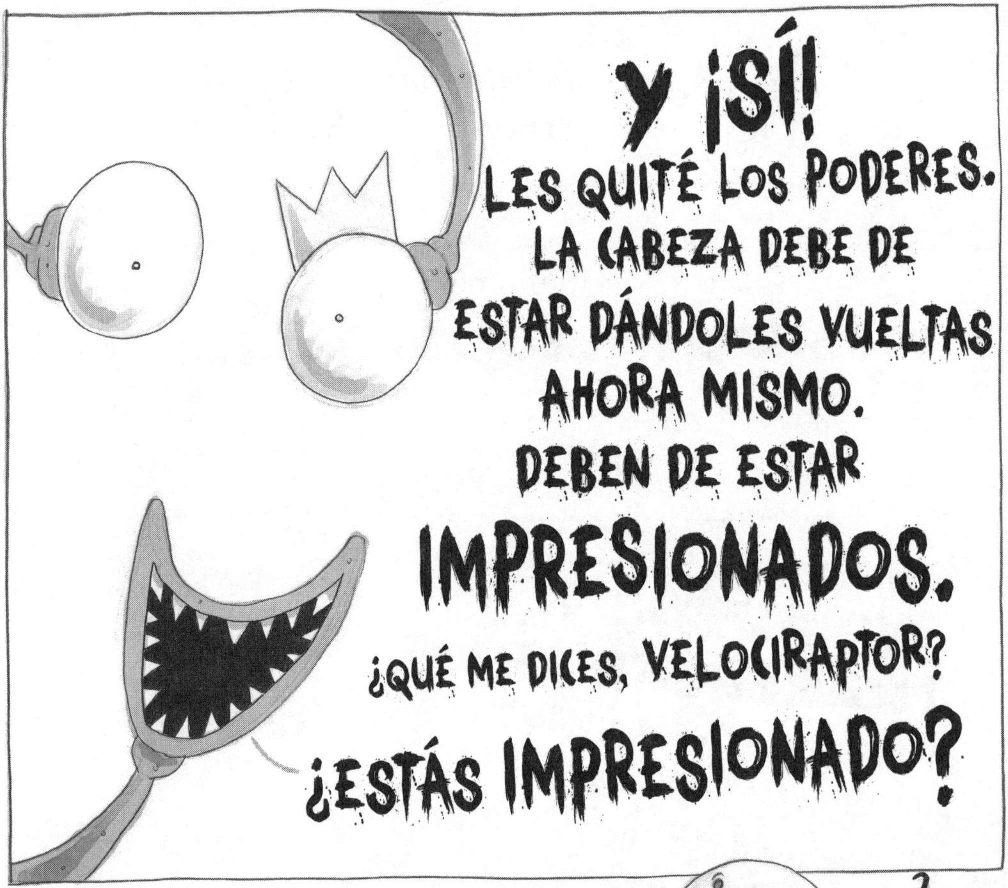

Y ¡SÍ!
LES QUITÉ LOS PODERES.
LA CABEZA DEBE DE
ESTAR DÁNDOLES VUELTAS
AHORA MISMO.
DEBEN DE ESTAR
IMPRESIONADOS.
¿QUÉ ME DICES, VELOCIRAPTOR?
¿ESTÁS IMPRESIONADO?

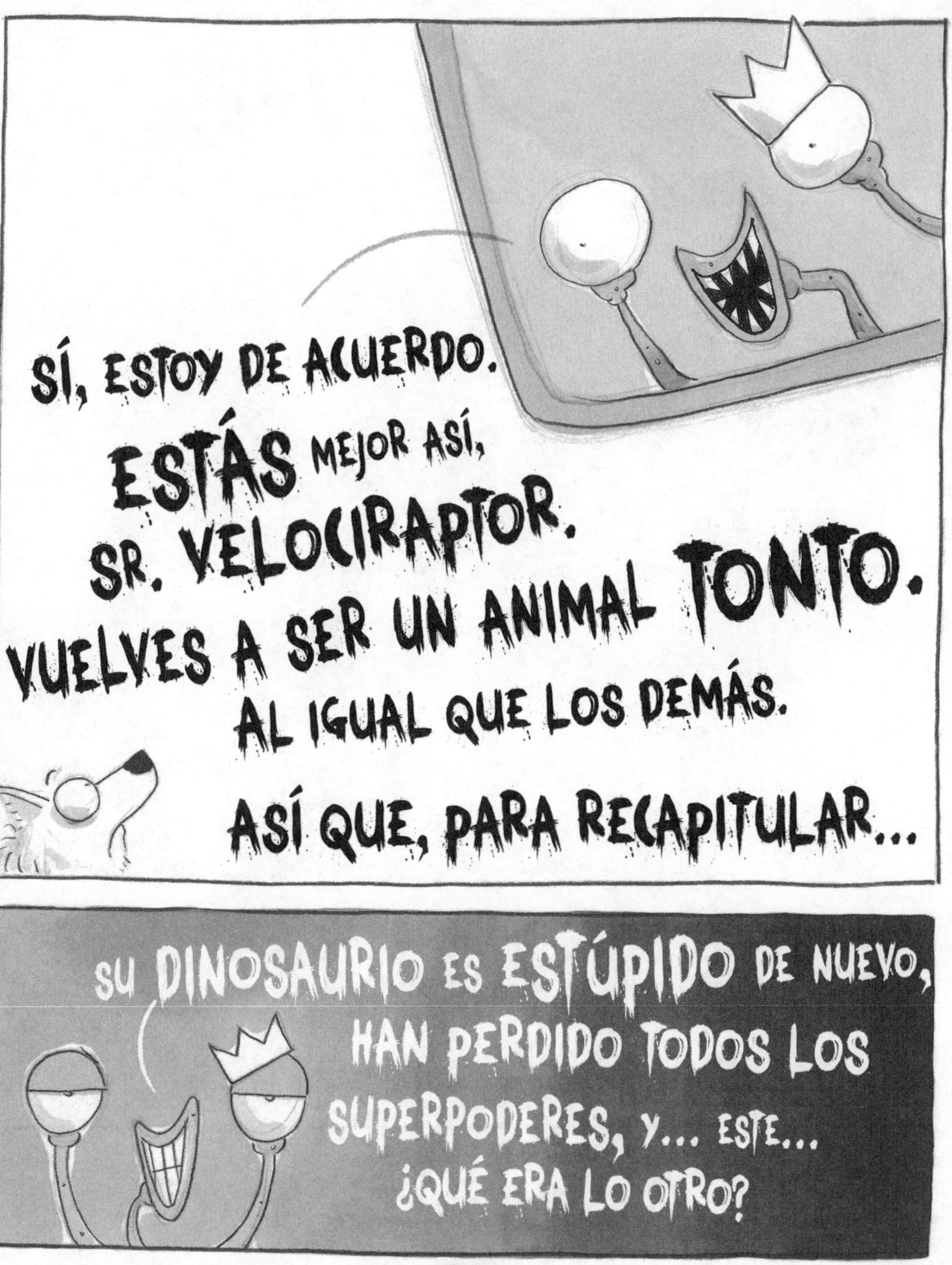

SÍ, ESTOY DE ACUERDO.

ESTÁS MEJOR ASÍ,
SR. VELOCIRAPTOR.
VUELVES A SER UN ANIMAL TONTO.
AL IGUAL QUE LOS DEMÁS.

ASÍ QUE, PARA RECAPITULAR...

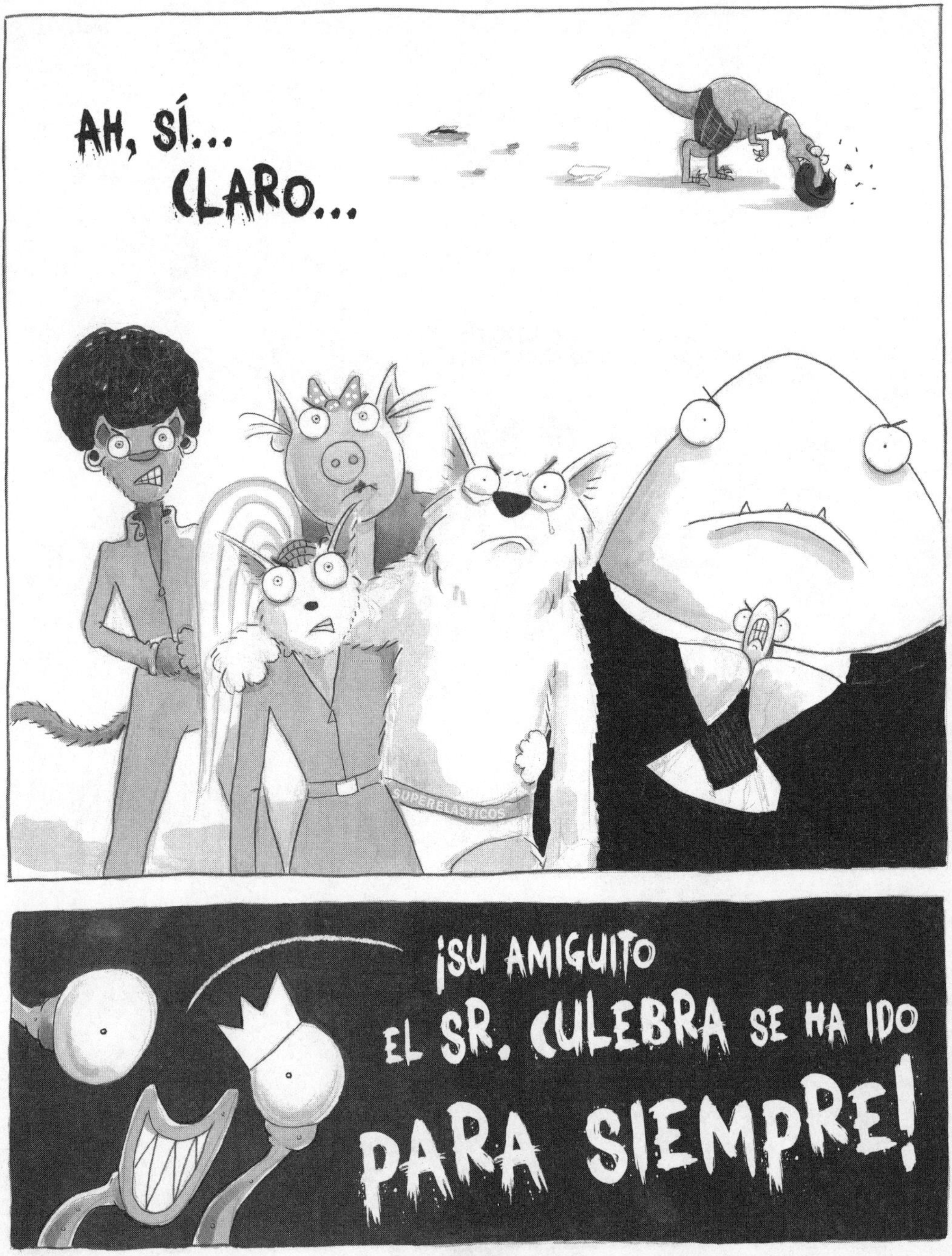

AH, SÍ...
CLARO...

SUPERELASTICOS

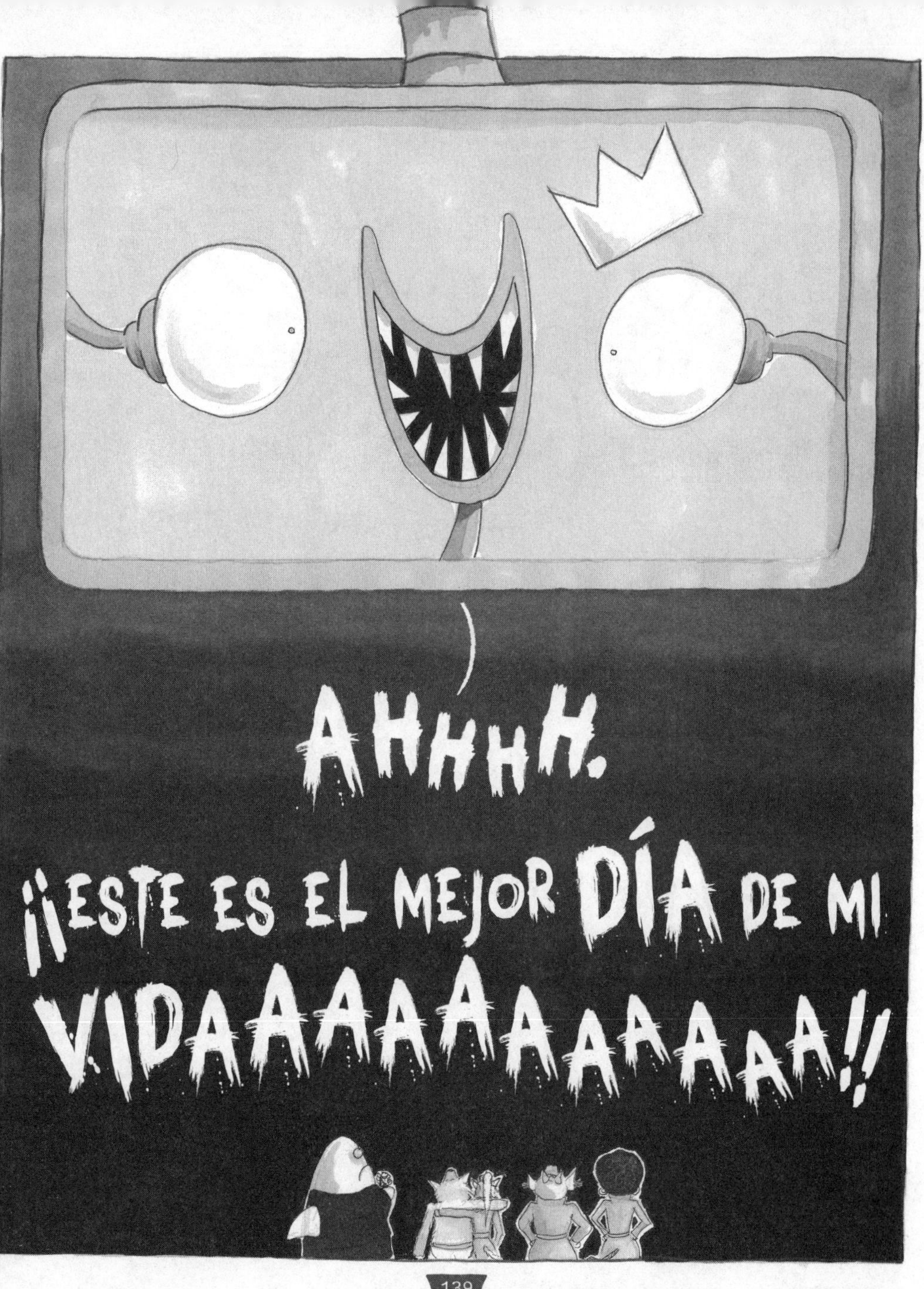

AHHHH.
¡¡ESTE ES EL MEJOR DÍA DE MI VIDAAAAAAAAAAA!!

CONTINUARÁ...

¡NOOOOOOO!

¡El malo no puede ganar!

¡LOS TIPOS MALOS tienen que ganar!

Este libro es el que has estado esperando:

los TIPOS MALOS

en

¡El peor día de nuestras vidas!

¡Pss!

Oigan, ¿chicos? Estamos aquí...

logramos llegar a la nave nodriza.

¡¿Chicos?!

Este... ¿chicos?